JN215489

アマモの森のご飯屋さん

登場人物紹介
ミカエラ
冒険者の青年。
空腹で倒れていたところを
ミナイに助けられ、
彼女に一目ぼれした。
ミナイ
『料理』の能力を持つ
精霊の少女で、前世は孤独なまま
若死にした日本人だった。
契約してくれる人間が
現れなかったためアマモの森に
ひっそりと隠れ住もうと
していたが——

ディミトリ
第二王子。
傲岸《ごうがん》不《ふ》遜《そん》な武人。
村長
アマモの森の近くの
村の長。何かとミナイに
親切にしてくれる。
肉好き。
ラース
赤い髪の精霊で
能力は『力』。
ディミトリと
契約している。
ジェラール
セインガルト国の第一王子。
一見冷たそうだが
精霊想いの優しい性格。
シオン
紫色の髪と瞳を持つ精霊。
『言語』の能力を使い
ジェラールに
仕えている。

目次

アマモの森のご飯屋さん

一　精霊と人間

白い光の粒子を立ちのぼらせている暗い湖のほとりに腰かけ、私は美しく満ちた銀色の月をぼんやりと見上げた。

明日は、私たち——成人を迎える精霊がこの森を出る日だ。『精霊の森』で月を見るのは、これが最後になるだろう。

この森は『精霊の森』と呼ばれる、一般の人間が立ち入らない土地だ。美しい花々が咲き乱れ、ふわふわと淡い光を放つ綿毛が空を舞っている楽園のような場所。

私は、そんな緑あふれる素敵な住処《すみか》で十六年間仲間たちとのんびりした日々を過ごしていた。森で狩りをし、木の実や花の蜜を糧《かて》にするという原始的な生活だ。

けれど、精霊には、「自分たちが住む森——『精霊の森』があるセインガルト国に仕えなければならない」という義務があった。具体的には、セインガルトで働く騎士たちと主従契約を交わし、彼らをサポートするというものだ。

つまり森に住む精霊たちは、十六歳になると住処《すみか》を出て騎士と契約しなければならなかった。

そして、森を出た精霊のほとんどは、二度と戻ってこない。最後まで主人となった人間のもとで過ごすことが多いのだ。

例外的に森に戻ってきているのは、主人が死んだという者で、彼らが契約前の精霊たちに人間の暮らしについての基本を教えていた。

おかげで、若い精霊たちも文字の読み書きができ、人間の生活についてある程度知識を持っている。

なぜそんな義務ができたのか詳しいことは知らないが、私たち精霊の間に古くから伝えられているお伽話《とぎばなし》によると、はるか昔にこの国の王に精霊の娘が恋をしたのが発端とのことだ。

その物語は『二人は契約を交わし、末長く幸せに暮らしましたとさ。めでたし、めでたし』で終わっている。けれど、私はその話を疑っていた。

なぜなら、私にはこの世界とは別の世界で生きた過去の記憶が残っている。

私は、日本という国の貧しい母子家庭に生まれて、大人になる前に死んだ人間だ。何の取り柄もない、地味で大人しく、周囲の人たちからいてもいなくても同じような扱いを受ける女の子。その記憶のせいか、私は人間というものに期待していない。

契約のお伽噺《とぎばなし》みたいに幸せな理由でこんな義務が生まれたとは思えなかった。

しかし、最初に契約した精霊の娘は精霊たちの間で今もなお尊敬されていて、彼女の残した『人間と契約せよ』という遺言は律儀に守られ続けている。

きちんと人間の役に立ってこそ一人前の精霊——というのが、セインガルトの『精霊の森』に住む精霊に共通する価値観だ。それに一人だけ異議を唱えるわけにもいかず、私は参っていた。

前世の記憶はもうぼんやりとしてきてしまっているが、精霊となった私がいるこの世界は、前世風に言うと『ファンタジーの世界』と言われるような場所だ。文明はあまり発展していないし、地球にはいなかった生物がいる。その上、魔術や呪いの類《たぐい》がある不思議な土地。

そして、精霊という生き物が存在している。私は、そんな精霊のうちの一人だ。元の世界にはいなかった生物だが、精霊は少し小柄なだけで姿形は元の世界の人間とほぼ同じ。寿命も同様という生き物である。

以前の自分と大きく異なる部分は、人間には現れない水色の髪と群青色の瞳、そして羽根だけ。精霊の髪の色と目の色はカラフルで、個体によって様々なのだ。私は青系の配色だが、赤色や紫色の者もいる。

自分たちとは違う生き物を蔑《さげす》む者が多くいる人間と、私たち精霊が契約してうまくやっていけるのだろうか。

そんなことを思い悩んでいるうちに夜が明けた。

今年十六歳を迎えた精霊は、全部で五人。全員で森の入り口に並び、城から迎えに来る騎士を待つ。

「ねぇねぇ、『水色の』楽しみね。今日は、人間との契約の日よ」

隣にいた紫色の髪の精霊が、親しげに私に話しかけてきた。『水色の』とは、私の呼び名だ。

精霊には名前をつける習慣がないので、だいたい見た目を反映した呼称で呼び合う。私の場合は、髪の毛が水色なので『水色の』というわけだ。

話しかけてきた彼女は、紫色の長い髪を持つことから『紫の』と呼ばれている。

「そう、ですね……」

私は沈んだ声で返した。

誰にでも気さくな友人、『紫の』とは違い、私は他人と話すのが少し苦手だ。

長年一緒にいたここの精霊たちとは、普通に会話したり一緒に行動したりできるようになったものの、初対面の相手の前ではきっと緊張からほとんど何もできないと思う。

これは、前世から引き継いでしまった性格だ。

転生して、そのうえ十六年も経つというのに、私の短所は根本的に改善されていない。

そのことを考えるたびに、自分はなんて駄目なのだろうと自己嫌悪に陥《おちい》る。

ああ、人間が永遠に迎えにこなければいいのに……

けれど、昼前には、三十人ほどの騎士の集団が森に到着してしまった。

「お前らが今回城へ来る精霊たちか。昨年は十人もいたというのに、今年はたったの五人とはな」

騎士たちの中から、黒髪赤眼のひときわ屈強そうな人間の男が出てきて怒鳴った。

大きな声と、大きな体躯《たいく》、大きな態度に世間知らずの精霊たちは例外なく怯《ひる》む。

安全な森の中でふわふわと暮らしていた精霊は、こういった厳《いか》めしい者に慣れていない。人懐っこい『紫の』でさえ、彼に話しかけられずにいる。

「まあいい、さっさと馬車に乗れ。城へ向かう」

促《うなが》されるまま乗せられた馬車の窓には、鉄格子が嵌《はま》っていた。逃亡防止の目的でつけられているように思える。

私は、嫌な予感に駆られた。


——広い部屋の中央に、十六歳になった男女の精霊たちが集められていた。

ここは、セインガルトの王城の一室だ。

薄暗いその部屋の壁と床は全て滑《なめ》らかな黒い石でできており、天井から吊るされている古びたシャンデリアだけが鈍い光を放っている。

緊張した面持《おもも》ちの私たちを、騎士姿の屈強な人間たちが取り囲み、値踏みするようにジロジロと見つめてきた。

「今年こそは、使える力を持つ奴がいればいいのだが……」

そう呟《つぶや》いたのは、森で大きな声を上げていた男だ。

彼が口にした力とは、精霊の持つ加護のことを指している。

精霊は皆、何らかの加護を一つ持って生まれてくるのだ。精霊と契約した人間は、その恩恵を受けて自らも加護の力を使えるようになる。

例えば、『力』の加護がある精霊は強い力を持っていて、戦場で騎士の役に立つことができるのだ。また、『知恵』の加護は、作戦を練る参謀や指揮官に重宝された。

加護の種類は、騎士たちに歓迎されるものから微妙なものまで様々だ。

私の持つ加護は微妙なものの筆頭だろう。

前世で周りの人間たちに無視され続けていた私は、今世でも誰にも必要とされないかもしれないと思うと暗い気持ちになった。

「俺はこの国の第二王子、ディミトリ・ガルディオだ。第二王子直々《じきじき》にお前たちを迎えてやったのだから光栄に思え」

大柄な男――ディミトリは横柄《おうへい》な態度で精霊たちを見回し、話を続けた。

「右端のお前から、順に加護の種類を言え」

唐突に一人の精霊を指名し、居丈高《いたけだか》に命令する。

運悪く端に立っていた精霊は、震えながらディミトリに告げた。

「か、加護は、『跳躍』です……」

「ふん。戦場では、まあまあ使えそうだな。次！」

「僕の加護は、『遠見』です」

「なるほど、これも使えるな。次！」

次々に加護の種類を聞いていくディミトリを見て、私は不安な気持ちが抑えられない。

幸か不幸か、一番左側に立っているので、私の答える順番は最後だ。

「俺の加護は、『力』だが？」

三番目に答えたのは、『赤いの』と呼ばれる、私と仲の良い精霊だった。赤い髪に橙色《だいだいいろ》の瞳を持つ彼は、第二王子の威圧的な態度に屈することなく堂々としている。

（すごいなあ。あんなに上から目線の人に、臆さず返事ができるなんて）

私は、『赤いの』に尊敬の念を抱き、事《こと》のなり行きを見守った。

「ほう、『力』の加護か！　それは良い！」

声を弾《はず》ませたディミトリが、そのまま『赤いの』に話しかける。

「気に入った。お前とは俺が契約してやろう。次の精霊、加護を答えろ」

次は、『紫の』の番だった。彼女は、緊張を感じさせない凛《りん》とした声ではっきり答える。

「私の加護は、『言語』よ」

「なんだ、それは？　微妙だな……内政担当に回すか」

ディミトリの言葉に、『紫の』はショックを受けた様子で視線を逸《そ》らした。自分の加護を微妙などと言われて、傷つかないはずがない。

（でも……）

私からすれば、『紫の』の『言語』という加護はまだ優れたものに思える。

次は私の番だが、できれば答えたくない。ディミトリの反応が怖いのだ。

「次！」

しかし、彼の声は容赦なくとんできた。

もはや、私には「答える」という選択肢しか残されていない。

「……か、加護は、『料理』、です」

消え入りそうな声を絞り出して答えた私は、俯《うつむ》きながら彼の反応を待った。

私の力『料理』は、文字通り料理に関する知識や技術が向上する加護である。

食べられる物と食べられない物を見分け、なんとなく美味しい味付けが思い浮かび、料理を作る手際がよくなるというもの。

この力もきっと前世から受け継いだものだ。

前世の唯一の家族である母は昼と夜のパートを掛け持ちしていて忙しく、私は小さな頃から食事を作っていた。

最初は義務だったそれが、いつしか唯一の楽しみになった。美味しい食べ物は、辛い気持ちを手っ取り早く慰《なぐさ》め、私を幸せな気持ちにしてくれたからだ。

バイトをしながら通っていた高校に居場所がなくても、仕事で疲れて帰ってきた母に理不尽な理由で叱られても、美味しい食べ物だけは私を裏切らない。

だから、私は今世でこの能力を授かったことに恨みはない。

けれど、戦いに重きを置く騎士には全く必要のない力だ。

「…………」

ディミトリは、何も答えなかった。彼の雰囲気から、私に何も期待していないことが感じられる。

『跳躍』と『遠見』と『力』の加護を持つ精霊は、俺たちについてこい。『言語』の精霊は、内政担当者を回すから、そこで待機していろ。以上だ」

そう締めくくると、彼は部下の騎士たちと一緒に三人の精霊を連れて去っていった。

(まさかの無視だった！)

私の存在は、ディミトリにとって認識すらしてもらえないものらしい。

来いとも残れとも言われないまま、私は広い部屋の真ん中に立ち尽くした。

「大丈夫よ、元気を出して」

隣で慰《なぐさ》めてくれる『紫の』に、私は「平気だよ」と笑い返す。

だが、ある程度予想していたとはいえ、存在を無視されたことがショックで何も考えられなかった。

（……駄目だ。今世なら心穏やかに生きていけると思ったけれど。生まれ変わっても、私はこんな立ち位置なんだ）

どこにいても、私は誰にも必要としてもらえないし、どうすれば受け入れてもらえるのかもわからない。転生してもそこから抜け出せない自分が、とても惨《みじ》めで情けなかった。

しばらくの間、私たちは部屋の中でじっとしていた。『紫の』は、そわそわと落ち着きがないが、私は諦めの境地に達している。

不意に、キィと小さな音を立てて部屋の扉が開かれた。

静かな足取りで中に入ってきたのは、黒髪赤眼に眼鏡をかけた神経質そうな男だ。彼の外見は、どことなく先ほどの大男――ディミトリと似ていた。

「ふむ、君たちが今年の精霊だな？　ここに残されているということは、騎士向きの加護ではないのか……」

男は、私と『紫の』を交互に眺《なが》めて言った。

「私の名は、ジェラール・ガルディオ。この国の王太子だ。そんなに不安そうな顔をすることはない。騎士と契約できなくても、内政担当者や貴族と契約できるからな。今は隣国との関係が安定しないので、騎士が優先されているだけだ」

ディミトリと似ていると思ったのは、間違いではなかったらしい。彼らは、兄弟だった。けれど、性格は違うみたいだ。ジェラールは、私たちを安心させるように話しかけてくる。

「ところで、二人の加護はなんだ？　ディミトリが、さっさと契約の儀式をしに行ってしまったので、詳細を聞けなかったのだが……」

「私の加護は、『言語』よ……どんな国や種族のもとへ行っても、言葉を交わすことができるし、太古の文なども読み解くことができる力なの」

そう答えた『紫の』は、先ほどよりも必死に自らの能力を売り込んでいる。自分の能力に自信がなくなっているのだろう。だが、そんな彼女よりも問題なのは私だ……

「……加護は、『料理』です」

そう答えつつ、目の前のジェラールを観察すると、案の定困っていた。

（それは、そうだろうな）

精霊の力で周囲の国を牽制しているものの、この国の軍事力に余裕があるわけではないのだ。戦場で呑気に料理なんか作っていられるかというのが彼らの本音に違いない。

かといって、内政担当や貴族に『料理』の加護が受け入れられるかといえば、そうでもなかった。内政に追われているこの国の役人に料理を作る暇などないし、食べ物にこだわるお国柄でもない。

それに貴族は料理をしないので、私の加護は無用の長物だ。

（となると、お城の料理人と契約するのかな）

私の考えを読んだかのように、ジェラールが喋《しゃべ》り出す。

「城の料理人たちに回すか。いや、しかし……今までは上位の騎士や、それ以外なら最低でも大臣以上の内政担当者が契約していたからな。身分の低い者との契約は前例がない……とりあえず」

顔を上げた彼は、『紫の』を見つめて言った。

「加護が『言語』の君は、私と共に来るように。そして、もう一人は……しばらく城内で待機だ。私が責任を持って、契約相手を見つけてくる」

そう言うと、ジェラールは私を城の中にある客室へ案内し、『紫の』を連れてどこかへ行ってしまう。

豪華な客室にポツンと取り残された私は、部屋の窓から外を眺《なが》め嘆息した。


精霊は、セインガルトという国の王都の東に位置する森の湖でだけ生まれる。昔は別の場所でも生まれたらしいが、最近ではセインガルト国でしか見ないらしい。元の世界風に表現すると、絶滅危惧種なのだろう。

そんな精霊に転生した私は、前世の記憶と加護を頼りに食材を火で炙《あぶ》り、少しの調味料を加えて料理を楽しんでいた。

食材に手を加えることを知らなかった他の精霊たちも、私の料理を受け入れている。

契約前の精霊は、普段森の外に出ることがない。出ようと思えば出られるのだが、彼らはみんな人間に興味を持ちつつも「成人するまで森の外に出てはいけない」という精霊のルールを守っているのだ。

だから彼らは、森の中で唯一料理をする私の存在をとても喜んでくれていた。

けれど、人間——特にこの国の騎士には私の力は必要ないだろう。

ふと外を眺《なが》めれば、そこは『精霊の森』とも日本の景色とも違う、馴染《なじ》みのない人間の世界だ。まだ昼間だからか、城の敷地内にある石造りの道を馬や人が忙《せわ》しなく行き交っている。

窓から離れた私は、森から持ってきた荷物を床の上に広げた。何かの役に立つかもしれないと、できる限り多くの道具を持ってきていたのだ。

精霊の狩猟道具である弓と狩った獲物を捌《さば》くためのナイフ、それに炎石《えんせき》という前世の火打ち石のようなもの。趣味で持ち歩いている岩塩や前世の胡椒《こしょう》に似た小さな木の実と、その他諸々のスパイスやハーブ、もしもの時の手作り携帯食もある。あとは、森付近で拾った人間の使うお金が少し。

(今すぐ役に立ちそうなものは、一つもない)

しばらくすると、城で働く使用人が無言で食事を部屋に置いていった。

日持ちしそうな固いパンと具の少ないスープだ。あまり美味しくなかったので、私は持ってきた調味料でそれらに勝手に味をつける。

この世界の食事情は、日本と異なっていた。

パンが主食で品数が少なく、味付けは塩メインというか塩のみだと、人間と共に過ごしたことのある老精霊——『オジジ』から聞いていた。どうやら、彼の言っていたことは本当で、ここの人間には塩以外の調味料を使うという風習はないらしい。

また、前世と完全に同じ食べ物は、今のところ塩以外見当たらない。

パンは主にコムの実という小麦に似た植物や、イズの実という大豆に似た植物から作られ、ライスはマイの実という植物を使っていた。

もっともこれらの材料は元の世界の小麦や米とほとんど変わらない。

——いつの間にか夜になり、使用人が夕食を持ってくる。

これも米の味が薄く美味しくなかったので、自分で味付けした。前世の赤じそに似た葉と梅に似た実を乾燥したものを混ぜ込み、さっぱりとした後味のおにぎりを五つ仕上げる。

うち二つを食べ、残りは大きな葉に包み、とっておくことにした。今の季節なら常温でも腐ることはない。今、この国は秋だが、こちらの世界は日本よりも涼しいのである。

なぜ、おにぎりを三つ残しておいたかというと、私には、とある考えがあったからだ。

（ここを出て、どこか違う場所で、一人ひっそりと生きていきたい）

そのため、翌日分の食料を用意した。

たとえ偉大な祖先の遺言だとしても、それによって全く得をしない余り者が出るという事態が発生している。

きっと私の契約者はすぐには見つからないだろう。

（このままでは、本当にただのお荷物になってしまう……）

あのジェラールという王太子は、契約相手を探してくれると言っていたが、とても難しそうな顔をしていた。実際、私の契約相手を見つけるのは、厳しいと思う。だから……

(私は、誰も加護できなくていい……前世に引き続き、他人に厄介がられるのは応《こた》えるから、やっぱり城を出ていこう)

これは、私にしては思い切った決断だった。

今まで私は、自分から動いて環境を変えようなんて一切してこなかったのだ。現状に不満を覚えつつも、何もしなかった。前世では子供だったという理由があるが……

我慢し続け、成人前にあっさりと交通事故で死んでしまったのだ。何一つ、人生に満足しないまま。

だから、今世は同じ轍《てつ》を踏まないようにしたい。この選択が正しいのかどうかはわからないが、後悔だけはしたくなかった。

積もり積もった鬱屈《うっくつ》した思いが、ついに爆発したのかもしれない。

夜、城の住人が寝静まった頃、私は荷物を持ち、窓から夜空に向かってジャンプした。

精霊には羽根があり、空を飛ぶことができる。さらに、この羽根は自由に収納できるので、普段は目立たない。

幸い、巡回している夜勤の騎士が星空を見上げることはなかった。

こうして私は、たった一人で城を抜け出したのである。

世間知らずの精霊であっても、私には前世の記憶が備《そな》わっていた。人に混じって生活していくことは、おそらく困難じゃない。

水色の髪が変といえば変だが、精霊に関わりのない人間からすれば「変わった髪色の人」くらいの認識で済むだろう。

案外簡単に城から脱出できてしまい拍子抜けだが、自由になれたのは嬉しい。

私は煌《きら》めく星海の中を羽ばたき、王都の外にある大きな森に降り立った。『精霊の森』に比べると暗くて鬱蒼《うっそう》とした場所だが、ここでなら静かに暮らせそうだ。

人間との契約を放り出した掟《おきて》破りの私が、元いた『精霊の森』に帰ることはできない。

この森で一人生きていこう。それに当たり、まず必要なのが「衣・食・住」の確保だ。

精霊の食べ物は人間と同じ。

それに私は精霊の中でも狩りが上手だ。料理もできるので「食」については問題ないと思われる。

高い木の幹に腰かけて、少し欠けた青白い月を見上げる。一筋の流れ星を見送った私は、これから訪れる未来に胸を高鳴らせ、ゆっくりと目を閉じたのだった。

二　アマモの森

明け方、ガサガサと何かが茂みを掻き分ける音で、私は目を覚ました。

獣の――それも、『精霊の森』では遭遇したことのないような大きな獣の気配がする。それに混ざって、僅《わず》かにだが人間の気配もした。

精霊は人間より感覚が鋭いので、いろいろな気配を察知できるのだ。

（なんだろう？　行ってみよう）

誰かが襲われているのではと気になった私は、獣の気配のする森の入り口へ飛んだ。人間は好きではないが、見捨てて死なれたとなれば後味が悪い。

森は、朝だというのに光が差し込まず、雨が降ったあとなのか地面がしっとりと濡れている。

しばらく進むと、私の目に衝撃的な光景が飛び込んできた。

小柄な曙色《あけぼのいろ》の髪の男性が、ぬかるんだ土の上に俯《うつぶ》せに倒れている。彼の隣には熊のような大きな獣が大の字になっていた。

（一体どういう状態なんだ、これ……？）

戸惑《とまど》って固まっていると、男性が小さな声を上げた。

「すみません……何か、食べ物を……」

「えっ？」

声がよく聞こえるように、私は男性のそばへ降り立った。地面に顔を向けている彼に私の姿は見えていないはずだが、気配は感じ取れたようだ。

「どなたかわかりませんが、僕に……食べ物を、恵んでくださいませんか？」

どうやら、彼は腹を空かせているらしい。獣のほうを見ると、腹の部分に大きな切り傷があった。こちらは、すでに絶命している。食べ物をあげるのはいいが、今私が持っているのは、城から持ってきた自作のおにぎりだけだ。

「あの、少ししかないですけど……おにぎりでよければ、どうぞ」

そう言って、荷物袋から三個の梅じそ味おにぎりを出し、彼の顔の近くに持っていく。それに反応して、男性がこちらを向いた。

見えるようになった彼の顔は、かなり整っている。思っていたより齢若《としわか》い青年だ。

その口元へ、私はそっと梅じそ味おにぎりを差し出した。

「……ありがとう」

「飲み水はないのですが、食べ物だけで大丈夫ですか？」

「大丈夫、鞄の中に水筒があるから……」

弱々しく口を開けた青年は、おにぎりを一口齧《かじ》る。そして……金色の目を見開くと、二口三口と猛烈な勢いで食べ始めた。すぐに彼の手が動き、私の持っている二個目のおにぎりを掴む。

「……美味しい」

彼は、恐るべきスピードで三個のおにぎりを完食した。

「……ごちそうさま」

ごそごそと起き上がり、鞄の中から水を取り出す青年。その姿は先ほどとはうって変わって元気だ。その笑顔に心が優しくなる。

ただ単に空腹だっただけで怪我はなさそうなので、私はほっと息を吐いた。

「あ、あの、では、私はこれで……失礼します」

「待って！　何か、お礼を……！」

青年はそう言うが、特にお礼をもらいたいとは思っていない。自分の作ったものを食べて嬉しそうにしてくれただけで充分だ。それに見たところ、彼の荷物は少ししかなさそうだった。そんな人間から物を奪うほど私は強欲ではない。

(どうしようかな……あ、そうだ。いいことを思いついた)

彼にあげてしまったせいで、私の朝ご飯が消えてしまった。何か代わりになる食べ物が欲しい。

「あの、それなら、この倒れている獣の肉をちょっとだけいただけませんか？」

「えっ⁉　別にいいけど……これ、まさか食べるの⁉」

「食べられると思いますよ」

森で暮らす精霊は、食べ物に対する勘が働く。特に、『料理』の加護を持つ私は、食べられる獣や木の実、キノコなどを瞬時に見極めることができる。

その力が私に告げていた、この獣は美味しい……と！

「だったら、もちろんいいけど……」

青年は恐る恐るというふうに頷《うなず》く。

私は荷物袋からナイフを取り出し、さっそく獣の血抜きを始めた。

まずは、顔から足の付け根までをまっすぐに切り開く。続いて、手足も同様に切り開き全体の皮を剥《は》いだ。胴体部分から内臓を取り出したあと、一番美味しそうな背中部分の肉を切り取る。

欲張っても一人で持ち運べない上に腐らせるだけなので、三食分にとどめておいた。

(一食分は今から調理して、残りは干して保存食にしよう。そのためには、夜露《よつゆ》をしのげて肉を干せる場所が必要だけれど)

住む場所は、まだ決めていない。精霊に家は必要ないが、雨風が当たらない場所くらいは欲しいところだ。

ちなみに、以前の森では巨大樹のウロの中で暮らしていた。

その巨大樹の中は八畳くらいの広さがあり、雨漏りもなく快適だったのだ。足元には、獣の皮で作ったラグを敷き、家具類は森で集めた植物をそのまま使ったり、工作系の加護のある精霊に作ってもらったりしていた。

とはいえ、前世での人間生活の記憶がある私は、毎日野宿という環境に抵抗がある。

(家を探さなきゃな……でも、まずは朝ご飯を食べたい)

肉を手にし、その場を離れようとした私に、青年が焦ったように声を上げた。

「ちょっと、どこへ行くの!?　森の奥は危ないよ！　この凶暴な獣は僕が退治したけれど、まだ似たようなのがいるかもしれない」

「平気です。森は慣れているし、大型の獣の気配はしません。万が一獣が出ても、狩ればいいだけでしょう？」

「……な、何を言っているの？　正気⁉」

優しそうな青年は必死で私を止めようとするが、面倒事を避けたい私は、彼の手をすり抜けて全速力で森の奥へ逃げた。

(危険な獣の気配はないし、あの人をあそこに置いていっても大丈夫だよね？)

彼が倒れていた場所は森の入り口に近いので、ゆっくり歩いても半日とかからずに外へ出られるだろう。ちなみに、私が走っている場所も、まだ森の端のほうだった。

(このまま直進すれば森の反対側に出られるのかな)

今、森の深部へ進む気はない。木の少ない場所で火を熾《おこ》し、肉を焼いて食べるつもりだからだ。

しばらく走ると、川が流れている場所に出た。河原には丸く白い石がごろごろ転がっている。そこに森で採ってきた枯れ木を並べ、荷物の中から炎石《えんせき》を出した私はカチカチと火をつけた。

(森が湿っているせいかな、なかなかつかない)

着火に苦戦した私は、『精霊の森』にいる『オジジ』のことを思い出していた。

契約した騎士の死亡により自由になったその老精霊の加護は『火つけ』なのだ。彼はどんな場所でも道具を使わず簡単に火をつけることができた。私は、よく彼に火熾《おこ》しを手伝ってもらったものだ。

しばらく奮闘した末、ようやく枯れ木全体に火が燃え広がる。燃えにくそうな木の枝にナイフで切った肉を刺した私は、直火《じかび》でそれを炙《あぶ》り、持っていた塩とスパイスで味付けをしていった。胡椒《こしょう》に似た木の実が大活躍だ。

肉の焼けるとてもよい匂いが、森中に広がった。ジュウジュウと音を立てて、脂身《あぶらみ》から透明な汁がこぼれ落ちていく。

近くに生えていた見慣れないキノコが食べられそうだったので、川の水で洗って根元部分を切り落とし、そのまま火にかけた。

そして、バターに似た味を出す木の実を割ってふりかける。この世界は、調理しがいのある不思議な食べ物に溢れていた。

(何より、森なら簡単に食べ物が手に入るところが素敵だよね)

出来上がった料理から、白い湯気が上がっている。

木の枝に刺した肉に齧《かじ》りついた私は、思わず笑顔になった。焼き加減が絶妙なミディアムの肉は噛《か》むたびにジューシーな汁を出す。

(美味しい。獣独特の臭みがなくて、高級和牛のような味だ)

キノコも香ばしくてバター風味が非常に合う。

そんなふうに一人で食事を楽しんでいると、近くで人の足音が聞こえた。

少しおぼつかない足取りなので、先ほどの男性とは別の人間だろう。その者はだんだん近づいてくる。

「誰……？」

少し迷ったが、私は食事を続けた。もし危ない人間であれば、空を飛んで逃げればいい。あれだけ頼りない歩行の者ならばたやすく逃げられる。

しばらくすると、川下にその人間が現れた。

「いい匂いがするのう」

白く長いひげを生やした老人だ。彼は、そわそわと落ち着きなく私を見つめ、白い眉毛で隠れている目で強く何かを訴えてきた。

「本当に、いい匂いだのう……うまそうな肉の匂いだのう」

もしかすると、先ほど助けた青年のように、この老人も腹を空かせているのかもしれない。この国には、空腹な人間が多いようだ。

「あの、よかったら食べますか？」

幸い肉は多めにもらったし、キノコは周囲にたくさん生えているから、あげても問題ない。ためらいながらも提案すると、老人は満面の笑みを浮かべた。

それを受けて、私はまだ燃えている焚《た》き火で再び肉とキノコを焼く。

「いやあ、薬草を採りに森に入ったら、良い匂いがしてきてのう……思わず引き寄せられてしまった」

焼き上がった肉とキノコを口にした老人は、上機嫌で喋《しゃべ》り出した。

「それにしても、うまいのう！　今まで生きてきてこんな食べ物は食べたことがない！」

彼は年齢を感じさせない見事な食べっぷりで、あっという間に肉とキノコを完食する。

(歳《とし》をとった人って、脂《あぶら》の乗った肉は苦手と思っていたけれど……そうでもないのかな?)

前世の世界とこの世界とでは、人間の内臓のつくりが違うのかもしれない。

オリジナルで味付けをした肉とキノコを老人が美味しそうに食べたことで、私は少し嬉しくなった。自分という存在が彼に受け入れられたと思えたのだ。

キノコを食べ終えた老人は、上機嫌で話を続ける。

「わしは、この近くにあるホワイ村の村長をしておってのう。このアマモの森にはよく来るのじゃが……森に生えているキノコが、こんなにもうまくなるとは知らなかったわい」

「この森はアマモの森というんですね。それにしても、近くに、村があるのですか?」

「ああ、この川を下った先じゃ。それほど遠くない……ところでお前さんは、どうしてこんな森の中にいるのじゃ? 女の子が一人で危険じゃぞ、最近は凶暴な獣が出ているから、街の冒険者に討伐依頼を出しておる」

「冒険者?」

「そうじゃ。人々を困らせる獰猛《どうもう》な害獣を退治したり、普通の人間がたどり着けない場所にある珍しいアイテムを取りにいったり……そういう仕事をしている者の総称じゃよ」

「ふぅん、そうなのですね。ところで、あなたは、この森に詳しいのですか?」

「ああ。なんせ、この森と共に八十年近く生きてきたからのう」

そう答える彼は、誇らしげだ。きっと、この森について相当の知識を持っているのだろう。

森に詳しい人間に出会えたことは、都合がよかった。

「あの……でしたら、この近くにウロのある大きな木や、人が入れそうな洞窟はありますか？」

そう聞くと、老人は顔を上げてまじまじと私を見つめる。

「――今気がついたが……お前さん、人間じゃないな？　精霊か……？」

彼の言葉に、私はハッとした。

（迂闊《うかつ》だった！）

明らかに、今の私の発言は問題だ。

普通の人間は、木のウロや洞窟に住まないので、そんなものに興味がない。長い間精霊として暮らしてきたせいで、その辺りの感覚が麻痺《まひ》してしまっていた。

精霊とわかったからといって迫害されることはないと思うが、私は城から脱走中の身――

（本当に私って馬鹿すぎる！　でも、どうしてこの人は、今の発言だけで私が精霊だと言い当てたの？）

人々は精霊の存在を知ってはいるものの、森の中にいるか、騎士や国の上層部の人間としか行動しないと思っている。それほど一般庶民の目に触れることは少ないのだ。

逃げようと踵《きびす》を返す私に、老人が慌てて声をかける。

「待ちなさい。巨大な木や洞窟はないが、森の入り口付近に使っていない狩猟小屋がある。そこなら、自由にしてくれて構わんよ」

「えっ？」

「警戒しなくても大丈夫じゃ。わしの村の周囲で、お前さんに危害を加える者はいない。どうやら行くところがなくて困っているように見えるが、村に来てもらってもよいのじゃぞ？」

ありがたい提案だが、彼を信じきることはできない。人間の中には、平気で嘘をつく強欲な者がいる。前世の私は多少なりとも、その被害に遭《あ》ってきた。

「お気持ちはありがたいのですが、私は……」

「なに、気にしなくてもいいぞ。その代わり――」

老人が私の話を遮《さえぎ》った。一体何を要求されるのだろうと不安に思った私は、ビクビクしながら体を硬くする。

しかし、続く彼の言葉は意外なものだった。

「またうまいものを見つけたら、ご馳走《ちそう》してほしい。お前さんの料理した肉とキノコは、本当に美味しかった……狩猟小屋は、わしを幸せな気分にしてくれた礼じゃ。それに、あの小屋は持ち主が亡くなって朽《く》ちていくばかりでな。誰かが住んで、建物を維持してくれたらありがたい」

「でも……」

「もし気に入らなかったら、いつでも出ていってくれ。まあ、無理強《じ》いはせんよ……精霊に強制なんてできないがな」

彼の言う通り、契約していない精霊を無理に人間に従わせるのは難しいだろう。何かあれば、飛んで逃げられる上に、たいていの精霊は人間よりも力が強い。たとえ、私のようなか弱い女でも一対一であれば負けることはないはずだ。

「見るだけ小屋を見てみたらどうじゃ？」

老人の言葉に、私は迷いながら頷《うなず》いた。

「わかりました……よろしくお願いします」

住むところは欲しいし、彼の言うように気に入らなければ出ていけばいいだけだ。それに自分の料理で幸せになった礼だという言葉が嬉しい。

私は、老人に狩猟小屋へ案内してもらうことにした。


案内された木造の狩猟小屋は、やや古く散らかっているものの、壁に穴は開いておらず雨漏りもしていない優良物件だった。掃除をすれば、充分住めそうだ。

私はしばらく様子を見ながらここで暮らすことにした。

老人は、「ホワイ村に住んでもいい」と提案してくれたが、人に混じって生活するのにはまだ抵抗がある。

私がきっぱり断ると老人――村長は残念そうにではあるが、納得してくれた。

「さて、まずは綺麗にしなきゃ」

私は小屋の掃除にとりかかる。

幸い古い掃除用具一式が小屋の隅に転がっていたし、世話焼きの村長が数種類の調味料と引き換えに、使わない家具や布製品を持ってきてくれた。

木製のベッドに赤いチェック柄の寝具、少しヒビの入った一枚板のテーブルに椅子二つ。これらと手持ちの調味料が交換なんて、条件が良すぎる。村長はとても親切なのだろう。

（これは、きちんとお礼をしなければならないな）

とはいえ、私にできるのは料理ぐらいだ。彼は、それでいいと言っていたけれど、それだけでは私の気が済まない。

（でも、お金はほとんど持っていないんだよね……精霊にそんなものは必要なかったし）

精霊の生活は、自給自足と精霊同士の助け合いに終始する。精霊の持つ加護は本来、自分たちの自給自足生活の上で必要なものなのだ。

しかし、ここで生活するにもお金が必要だった。私一人の力には限界がある。

（なんとか稼ぐ手段を考えなければ……でも、何をすればいいの？）

ふと、私が味付けした食べ物を美味しいと言ってくれた青年と村長の顔を思い出す。

彼らに料理を褒めてもらって、私は嬉しかった。それに、以前いた森でも、精霊仲間たちと美味しいご飯を食べることが私の楽しみだった。

料理を食べた相手が喜んでくれると、私は自分がその場にいても許されるような、受け入れてもらえたような——価値のある存在になれた気がするのだ。

「よし、決めた！」

私は加護を活《い》かして料理を作って売ることにした。

幸い、この世界は日本ほど食品の販売に厳しくない。

（さて、材料はどうしようか？）

自作の調味料はまだ残っているので問題ないが、食材は肉とキノコの残りのみだ。

とりあえず、あるもので作ってみて、足りなくなれば、この森で調達すればいい。少し歩いただけで肉とキノコが手に入ったのだから、きっと他の食材もたくさんあるはずだ。

(料理を売ったお金が多ければ、村長にお礼ができるし、新しい食材や調理道具を買うことができるかもしれない。とにかく、一人で生きていくために頑張ろう)

精霊の森にいた頃は仲間と助け合って生活していたが、今の私は一人きり。何かあった時のためにも、蓄《たくわ》えは必要なのだ。

翌日、私は食べ物を売ってお金を稼ぐという計画を実行することにした。

さっそく干してある肉の残りをナイフで薄く切り取り、数種類の調味料をまぶす。

この調味料の多くは、木の実を細かく砕いたものだ。醤油《しょうゆ》や味噌《みそ》はないが、木の実同士をブレンドしたり発酵させたりして似たようなものが作れる。私は、それをさらに出汁《だし》と混ぜて新しい味を作り出したりもしていた。

配合などは大体その時のインスピレーションで決めるのだが、『料理』の加護が効いているせいか失敗したことがない。

味噌《みそ》の味に近い木の実で甘辛く味付けした肉を風通しの良い場所に置き、干す。甘味を出すのには、狩猟小屋の近くにあった蜂《はち》の巣から採ってきたハチミツを使った。

一晩乾燥させておくと、いい感じにおつまみ風の干し肉が完成する。

「うん、まあまあ美味しい……」

私は大きめの葉っぱにそれらを包んで、籠《かご》に入れる。

（城から逃げて空を飛んでいた時に町の上を通ったな。今日はあの町へ出かけてみよう。ホワイ村だと住人が限られている上に、閉鎖的かもしれないし）

私は完成したおつまみを持ち、空を飛んで町へ向かった。

森を通り抜けて町の手前で着地し、そこからは徒歩で進む。いきなり空から人が飛んできたら、精霊に慣れていない人間は驚いてしまうだろう。

（なるべく、騒ぎは起こしたくないものね）

町の中央は市場になっていて、人々が様々なものを売り買いしていた。

それぞれにテリトリーがあるらしく、主だった場所は大きな屋台や裕福そうな商人の店が占拠している。

私は市場の隅っこに陣取り、籠《かご》に入れたおつまみを売ることにした。この籠《かご》は狩猟小屋の中にあったもので自作している。

「あの……お料理いかがですか？　美味しいお肉のおつまみです」

料理は得意でも接客は苦手だ。そもそも、私は他人と話すのが好きではない。

よく知っている精霊相手なら普通に話ができるが、見知らぬ人間の前で声を上げるのは緊張する。

「おつまみ、いかがですかー？」

それでも、生活がかかっているので勇気を振り絞って通行人に声をかけた。しかし――

売れ行きは、さっぱりだ。

（……ぜんぜん売れない）

私には商売に関しての知識がなかった。

（他にも、食品を出している人は、たくさんいるなぁ）

中には、炭や鉄板を用意して、焼きたて熱々の食べ物を提供している人もいる。そんな相手に即席おつまみが敵《かな》うわけがない。

「……これは、厳しいかも」

考えが甘かったようだ。私は籠《かご》の中にある大量のおつまみを見て、ため息をついた。

人にただ声をかけているだけでは、誰も振り向いてくれない。時間だけが過ぎていき、だんだん私の声は萎《しぼ》んでくる。

（やっぱり、無謀だった？　精霊が人間と契約せず、一人で生活していくなんて……）

——いや、精霊は関係ない。これは私自身の問題だ。

気を取り直し、もう一度声を上げようとした時、誰かが私の肩を叩いた。

「こんにちは、こんなところで何をやっているの？」

振り向くと、見たことのある顔の男が立っている。

「あなたは……あの時の？」

曙色《あけぼのいろ》の髪に金の瞳を持つ彼は、森で行き倒れていたあの青年だった。明るい光の中にいると、やはり美しい顔の持ち主だとわかる。

「僕は、ミカエラ。冒険者をしながら各地を渡り歩いている」

冒険者とは、各地の害獣を退治する職業だ。村長が、昨日説明してくれたので知っている。

「だから、森であの獣を退治していたのですね」

「そうだよ。あの時は助かった、本当にありがとう——また会えてよかった」

ミカエラは、感極まった様子で頬を朱色に染めつつ、私の手を握った。

あまり人に触られたことがない私は照れてしまう。

「い、いいえ。でも、どうしてあなたは倒れていたのですか？」

「獣を深追いしすぎて、三日三晩何も口にしていなかったんだ。結局、あの獣は倒せたけれど、僕のほうも空腹で力尽きてしまった。そこに、美味しい食べ物を持った君が現れたんだよ」

私は手を握られたまま、彼の顔を見上げた。

何も食べずに害獣を追い続けるなんて、立派である。外見は私と同じ齢《とし》くらいなのに。

「ねえ、君はここで何をしているの？」

「ええと、今は手作りのおつまみを売っています」

「昼間から？　まあ、今の時間に酒を飲んでいる奴もいるけど。……僕にも一つちょうだい、いくら？」

「二百ペリンです」

この国のお金の単位については、『オジジ』が教えてくれていた。一ペリンは一円くらいの価値らしい。つまりこのおつまみは二百円。

ミカエラは私に二百ペリンを渡すと、その場で包みを広げ器用におつまみを食べ始めた。

（持ち帰り用だったんだけどな……）

とはいえ食べ方は人それぞれなので、私は敢《あ》えて何も言わないことにした。

彼はすぐに食べ終わり、にっこり笑う。

「美味しいね。残りも全部もらえるかな？」

「ええっ!?」

「心配しなくても、この間の獣退治で報酬をたくさんもらったんだ。買い占めても、そんなに大きな出費にはならない」

二百ペリンのおつまみ三十個分で六千円。

（なかなかの出費になると思うんだけど……もしや、お金持ち？）

戸惑《とまど》う私をよそに、彼は躊躇《ちゅうちょ》なく全てのおつまみを買ってその場で食べる。

「んー！　甘辛い味が美味しいね、前にもらった食べ物も美味しかったけれど！　こんなに美味しいおつまみは初めてだ、一体何でできているの？」

「……えっと、あなたにもらった肉の残りです」

「嘘っ……あの獣!?　大イガルゴの肉だったの!?」

あの熊のような生き物は、大イガルゴという名前らしい。

「美味しいですよね。私、あんなにジューシーな霜降りのお肉は久しぶりでした。あの森にまた現れてくれるといいのですが……」

「いや、あの辺りには一体しかいないよ。あんなのが何匹もいたら大変だ。討伐対象の獰猛《どうもう》な獣だからね。ところで、君はどこに住んでいるの？」

「ホワイ村の近くです。あなたに出会った森にある狩猟小屋に」

「アマモの森か……なんでまた、そんな場所に？」

ミカエラは、私を憐《あわ》れみの混じった目で見た。何か、訳ありの人間だと感じたのだろう。

実際訳ありなのだが、憐《あわ》れまれるほど深刻なものではない。ただ、厄介者として扱われるのに耐えられず、勝手に脱走してきてしまっただけだ。

「そうだ、このあとホワイ村に寄る予定があるんだけど一緒に戻る？　町から村までは距離があるから、女の子一人じゃあ心配だ」

「いいえ、お構いなく」

空を飛んで帰ればあっという間だし、女一人でも問題ない。

けれど、ミカエラは、私が精霊だと気がついていないので、余計なことは言えなかった。

「いいから、いいから。君、名前は？」

「な、名前!?」

彼の質問に私は狼狽《うろた》えた。

精霊には名前がない。精霊同士では、お互いの特徴を呼び合うので、特に不便には思わなかったが……これからの生活でそれは通用しないと気がついた。人間のように、きちんと名前を考えなければならない。

「ええと……」

精霊間での私の呼び名は、『水色の』だ。水色は「ミズイロ」や「スイイロ」、「ミナイロ」と読める。

私は、そこから自分の名前を考えた。

「そ、その……ミ、ミナイです！　ミナイ！」

「へえ、ミナイか。変わった響きの名前だね」

「そうですかね……？」

名前選びに失敗したのではないかと、私は少し焦った。しかし、ミカエラは嬉しそうに金色の目を細める。

「とても、可愛い名前だと思うよ」

自分のネーミングセンスが褒められて嬉しかった私は、そのままの流れでミカエラにホワイ村まで送られてしまった。

ホワイ村は人口五十人程度の小さな集落で、主な産業は岩塩や薬草の採取と農業。村で採れたものを近隣の村や町で物々交換することで生計を立てている。最近では、貨幣でのやりとりも増えて、副業で宿屋や薬師《やくし》をしている者も多いと村長が言っていた。

苔《こけ》に覆《おお》われた木製の平屋が多く、村の真ん中にはだだっ広い広場がある。

「それじゃあ、私の家は森の中なので……」

そう言って、夕暮れ時の森へ向かう私をミカエラが引き止めた。

「送っていくよ。あとは宿に向かうだけだし」

「いいえ、そんな……」

私だって、あとは森に向かうだけなので一人で平気だ。

「ついでだからさ。ミナイが一人で住んでいる環境が気になるし」

「どうして、そこまで私を気にかけてくれるのですか？」

「どうしてって……女の子が森で一人暮らしなんて心配するのは普通だと思うけど……それに、君は僕の命の恩人だから、困っているのなら力になりたいんだ」

ミカエラは優しげに笑う。だが、昨日出会ったばかりの彼を頼る気はない。おにぎりをあげたお礼なら、おつまみを買ってもらったことだけで充分だ。

村まで送ってもらったことを含めれば、こちらがお釣りを出さなければならない。

「あの、本当に、私は大丈夫ですから……」

しかし、ミカエラは強引に狩猟小屋までついてきた。

森の入り口から少し奥へ進んだ、アマモの森にしては日当たりのよい場所に私の狩猟小屋はある。

「えっと……かなり、ボロボロだね。正直、女の子の家と思えないというか、なんというか」

私の住処《すみか》を見たミカエラの顔色が悪い。

「そうですか？　雨漏りもしないし、割と快適ですが」

「いや、今はしなくても、この状態ではすぐに屋根に穴が開くよ。壁もそう、ところどころひび割れている。窓や扉も立てつけが悪いね」

ミカエラは、外から見ただけなのに狩猟小屋を厳しく駄目出しした。

「構いません！　穴が開いたら、隙間に何か詰めればいいし……屋根は、その、上に木の枝でも被せます」

今までだって、森でそうしてきた。多少、他の精霊仲間の加護を借りたこともあるが一人でも大丈夫だ。

「……あのさ」

「なんですか？」

「僕でよかったら、屋根や壁を直すのを手伝うけど。冒険者だから、こう見えても器用なんだ」

まだ若いのに、ミカエラはいろいろなことができるようだ。

「いくらなんでも、そこまではお世話になれません」

「そんな遠慮は不要だよ。とにかく、明日の仕事が終わったらまた来るから家にいてね？」

強引に約束をした彼は、それだけ言うとホワイ村へ帰っていった。途中で何度も心配そうにこちらを振り返りながら――

(精霊だから平気なのに、向こうは私のことを人間だと思っているからなあ。気持ちはありがたいけど、きちんと断らなきゃ)

ミカエラを見送った私は、狩猟小屋へ戻り寝台に腰かける。

村長にもらった寝具には綿のような植物が入っていて、とてもふかふかだ。古くて朽《く》ちかけていても、狩猟小屋は私にとって快適な空間なのである。

翌朝目覚めた私は、ホワイ村を目指した。途中、よく熟《う》れた赤く小さい木の実を摘んで口に入れつつ小道を進む。さくらんぼに似た味で美味しい。

「おや、精霊のお嬢さんじゃあないか。朝が早いのう」

森を出てすぐに、村長に遭遇する。老人だけあって、彼も早起きのようだ。

「あの、ミカエラっていう人を探しているのですが。この村に泊まっていますか？」

「例の冒険者か……泊まっていたが、先ほど出ていったぞ？　谷に出るアドレナという大物の獣を仕留めに来てくれたのじゃが、若い上に一人だけなので心配じゃ」

ホワイ村付近の谷に出るというアドレナは、雑食の巨大な鳥らしい。周辺の村の家畜をよく襲うそうで、農業や畜産業で生計を立てている住人たちは皆、困っていたようだ。

「確かに、心配ですね」

あの大イガルゴを一人で倒したのだから、ミカエラの腕は確かだと思う。

けれど、なんとなく心配になった私は彼のあとを追ってみることにした。親切にしてもらったお礼をしたいという気持ちもある。

精霊は人間よりも力が強い。特に力が強いのは『力』の加護を持つ精霊なのだが、そうでなくても大体の精霊は人間よりも俊敏《しゅんびん》で頑丈だ。騎士の役には立てなくても冒険者の助っ人くらいならできると思う。

私は、空を飛んで近くの谷へ向かった。

話に聞いていた谷は、周囲を険《けわ》しい岩に囲まれた荒れた場所だった。木々は枯れ、地面には動物の骨が転がっている。

（ミカエラはどこだろう？）

目をこらすと、谷の斜面の途中に大きく平らな場所があり、そこに小さな人影が見えた。

同時に、上空に大きな影を見つける。

それは、真っ赤な羽根に赤黒い嘴《くちばし》と足を持つ巨大な鳥だった。銀色の目で、ギョロギョロと注意深く辺りを観察している。きっと、これが村長の言っていたアドレナなのだろう。

空を自在に行き交う相手に、ミカエラは苦戦していた。

（なんとかして手伝ってあげたい）

私は、近くに落ちている小石を数個拾って懐《ふところ》にしまいこんだ。

小さく羽ばたき、近くの木の陰に身を潜《ひそ》める。右手に小石を構えて狙いを定めた。

「それっ！」

小石は空気を切り裂いて、狙いを違《たが》わずにアドレナの右目にぶつかった。

「もう一丁！」

続いて投げた小石は、左目に命中する。

大きな咆哮《ほうこう》を上げたアドレナは、ミカエラの近くに落下した。弓を持ってきていないのでとどめを刺すことはできないが、少しは彼の手助けになっただろう。

（きっと、もう大丈夫だよね。先に村に戻っておこう）

私は木の陰からそろりと抜け出て空中を移動する。

途中、ミカエラの金色の瞳が、ちらりとこちらを見た気がした。

私が村に戻ってぶらぶらしていると、巨大な肉のブロックを数個抱えたミカエラが帰ってきた。

「ミナイ、ちょうどいいところにいた。はい、これ、お土産《みやげ》」

「……ええと、素敵なお肉ですね。でも、こんなに素晴らしいお肉をいただいてしまっていいのですか?」

「もちろんだよ。それ、谷で助けたもらったお礼だから」

「あ、ありがとうございます」

私は彼に頭を下げ、差し出された肉をおずおずと受け取る。

どうやら、私の先ほどの行動は、ミカエラにばっちりバレていたらしい。やっぱり、空中を移動していたのを見られたのだ。

「精霊が契約者以外の人間に味方してくれるなんて珍しいね」

(ミカエラにまで私の正体が知られてしまうなんて。もっと気をつけるべきだったのに)

顔色を悪くした私に気づいたミカエラは、慌てて言い添えた。

「大丈夫だよ、ミナイ。心配しなくても、君に危害を加えたりしない……あまり精霊だって気づかれたくないんだね?」

「……はい。事情があって森の奥でひっそり暮らしたいのです」

ミカエラは私の事情について何も聞かなかった。ただ心配そうな顔でこちらを見る。

出会ったばかりの彼がどうしてここまで親切にしてくれるのかわからないが、ありがたい。

私は温かい気持ちになった。

二人で話をしていると、どうやって気配を察知したのか、またしても村長が現れた。彼は、私がもらったアドレナの肉をまじまじと見つめている。

この村長は、齢《とし》に似合わず健啖家《けんたんか》なのだ。

「ええと、村長？」

「お前さんたち、今からそれを食べる予定かの？　もうすぐ、昼食の時間だからのう。よければわしの家に来んか？　狩猟小屋にはキッチンがないで、いろいろ不便じゃろうし」

「村長……」

「もちろん、わしもお相伴《しょうばん》にあずかれるな？」

彼の目当ては、やはり新鮮な肉料理だったらしい。

「楽しみだなあ、ミナイの料理！　あの最初にもらったライスのかたまりもミナイが作ったんだろ？　あれもかなり美味しかったけど、できたての肉料理はもっと美味しいんだろうなあ」

ミカエラまで、金色の瞳を輝かせながらそんなことを言っている。私はこの二人の喜ぶ顔をもっと見たくなった。

「あれはおにぎりという食べ物です。それではお言葉に甘えて、キッチンを貸していただけますか？」

村長の家のキッチンは、ほとんど使われていない状態だったが、調理器具一式はきちんと揃っていた。

「あの、村長。この岩のテーブルのようなものは、一体なんですか？」

「それは、岩板《がんばん》じゃよ。この村の者は、食材を加熱する際に岩を使うんじゃ」

岩板《がんばん》料理は、この村独自の文化らしい。各地を巡っているミカエラの話によると、他の地域では鉄板が主流なのだそうだ。

二人に促《うなが》された私は、さっそくキッチンで料理を始めた。もちろん、材料はアドレナの肉だ。森に生えている香草で香りをつけたアドレナのお肉をスライスし、岩板《がんばん》でこんがりと焼いて、村長の家にあった岩塩と私の持っているスパイスをかける。

焼き上がったものに、これもまた村長の家にあったアマレドという柑橘《かんきつ》系の果汁を絞った。お肉の表面でジュージューと透明な肉汁が光っている……よだれが出そうだ。

鳥肉の焼けるよい匂いが、村長の家中に広がった。岩板《がんばん》の上の肉からは、ホクホクと白い湯気が上がっている。

「いい匂いだね」

「そうじゃな、早く食べたいのう」

二人の男性は、肉を食べる気満々でスタンバイ中だ。彼らは、肉を焼く私の近くの席に陣取り、フォークとナイフを両手に持っていた。

村長の家の畑に植えられていた採れたて野菜を添えて完成させる。

こうして出来上がった『アドレナのグリル・ホワイ村の野菜添え』に、私は大変満足した。

三　狩猟小屋での生活

ミカエラが初めてミナイに出会ったのは、セインガルトという国にある薄暗い森の中だった。故郷を離れて約五年。現在、彼は冒険者として主に人々を困らせる獣を退治して生計を立てている。その日も、アマモの森に住む大イガルゴという獰猛《どうもう》な相手を退治したところだった。

大イガルゴは思ったよりも狡猾《こうかつ》で強く、ミカエラは三日三晩飲まず食わずで獲物と対決することになり、相手を倒したと同時に空腹によって力尽きてしまったのだ。

そこに通りかかったのが、不思議な少女――ミナイである。

彼女は大イガルゴの出る危険な森を軽装で歩いていた。常識的に考えられないことだが、そのおかげでミカエラは助かったのだ。

（彼女には、感謝してもしきれない）

その際にもらったミナイの料理は、今までに食べたことのないほど美味しいものだった。空腹だったという理由ではなく、本当に美味しかったのだ。

命を救われたことと、この世のものとは思えないような美味しい食べ物をもらったことで、ミカエラはミナイのことがとても気になり始めた。要するに一瞬にして彼女に胃袋を掴まれ、あっさり惚《ほ》れてしまったのだ。

しかし、当のミナイはミカエラを残してさっさと森の奥へ去ってしまった——初恋が砕け散った瞬間である。

次に彼女に出会えたのは、アマモの森付近の町。それは、奇跡的な出会いだった。

ミナイは、その町に食べ物を売りに来ていたのだが、あまり目立たない微妙な場所で昼間なのにおつまみを売っており、さらに客引きは下手《へた》くそで……彼女の手作りらしい美味しそうな料理は、まったく売れていなかった。

(あの時もらった食べ物も彼女が作ったもののようだった。あの子の手作りなら、きっと美味しいのに……もったいないな)

はやる気持ちを押しとどめ、笑顔で声をかける。

試しに一つ買って食べてみると、今まで食べたことのない甘辛い風味が口いっぱいに広がった。おつまみとしてではなく、普通の料理としても美味しい品である。

ちょうど、大イガルゴを倒してたくさん報酬をもらったあとだったので、ミカエラは彼女の売っていたおつまみを全部買い占めた。

(こんなに美味しい食べ物が売れ残るなんて、あってはならない)

そのおつまみの正体は、まさかの大イガルゴの肉。ミカエラは、自らが退治した獣がこんなに素晴らしい料理になるなんて思いもしなかった。

気になる相手に再会できたチャンスを逃したくないミカエラは、彼女に名前を聞き、ちゃっかり家まで送ると話をつけることに成功する。

押しに弱いらしいミナイは、彼の提案にすぐに折れてしまったのだ。

そしてホワイ村に着き、彼女の家を訪れたミカエラは、あまりのボロさ加減に唖然とした。

元は狩猟小屋だったのだろうが、建物全体が朽《く》ちかけており、屋根は今にも崩れそうだ。壁も腐食が進んでいる。

小屋の中は綺麗なのかも知れないが、これではいずれ雨漏りしてしまうし、冬の寒さを乗り切ることができないだろう。

どうして、齢若《としわか》い少女が、こんな場所に一人で暮らしているのか……森をうろついていたことといい、絶対に訳ありに違いない。どうにも心配でたまらなくなったミカエラは、しばらくホワイ村に滞在してミナイの様子を見ることに決めた。

ちょうど近くで凶暴な鳥の討伐依頼が出ていたし、金なら今までの獣討伐で余るほど持っている。

翌日、ミカエラは予定通り、獰猛《どうもう》な鳥――アドレナの討伐に向かった。

しかし、相手は空を自在に飛んで攻撃してくる。ミカエラは少々苦戦した。

そこで、驚くべきことが起こったのだ。

突如、どこからか飛んできた石が、偶然アドレナの目に命中したのである。

（いや、偶然じゃないな）

石が都合よく、巨大鳥の両目に当たるなんてありえない。ミカエラは石の飛んで来た方向に目をこらした。

すると、木の陰にササッと引っ込む水色の物体が見える。

（あの髪は！）

アドレナにとどめを刺しながら視線を向けると、木の後ろから水色の髪の少女がそろりと出てきて、ホワイ村の方角に飛び去った。

彼女の背中には、銀色に光る羽根が付いている。それは、精霊特有のものだった。

（変わった髪色だとは思っていたけれど、ミナイって、精霊だったのか……）

過去に冒険者としての仕事で、ミカエラは精霊を見たことがある。

（でも、精霊は普通、騎士や貴族と契約しているんじゃないのか？）

困惑したが、ミナイが森の奥に一人で住んでいるのは、その辺の事情があるのかも知れないと思い直した。

（精霊でも人間でも、彼女が素敵な女の子であることに変わりはないからね……あ、そうだ！）

加えて、地面に横たわったアドレナを見て、ミカエラは思いつく。これをお土産《みやげ》にすれば、ミナイはきっと喜んでくれるはずだ。

大イガルゴの時のように、運がよければ彼女の料理にありつけるかもしれない。

そんな下心を持ちつつ、ミカエラはアドレナのモモ肉を大きく切り取り、急いでホワイ村へ戻ったのだった。

※

「美味しいよ、ミナイ……君の料理は、何度食べても最高だ。これなら、いくらでも食べられるね」

村長宅のキッチンで私――ミナイの作ったアドレナのグリルを食べたミカエラが、金色の瞳を輝かせながら歓声を上げた。

「ジューシーでうまいのう！　ああ、生きていてよかった！」

白髪交じりの村長も、大げさなことを言って、次々にナイフで切り分けた肉を口に運んでいる。

「そこの冒険者も、よくぞアドレナを討ち取ってくれた。またうまい肉の獣が現れた際は、是非とも討伐を依頼したい。この辺りには、獰猛《どうもう》な獣が多いからのう」

「うん、いいよ。しばらく、この村にいる予定だし」

ミカエラは、村長に答えながら、金色の瞳でチラリと私を見た。

「どうかしました？」

「な、なんでもないよ……！　それより、食べ終わったらミナイの家に行ってもいい？　屋根を修理してあげる」

彼の言葉を聞いた私は、慌てて椅子から立ち上がり首を横に振る。

「そ、そこまでしてもらうわけにはいきません」

「今日狩りを手伝ってくれたお礼と、このご馳走《ちそう》のお礼」

「私のほうが得をしているじゃないですか！　公平ではないので駄目です！」

「なら、また僕に料理を作ってよ。もちろん、タダでとは言わない。きちんと買い取るから」

「だからっ……それでは、私だけが利益を得てしまいます！」

言い争う私たちを見た村長が「若いっていいのう」などと呟《つぶや》く。

止めてくれる人がおらず、両者の主張はどこまで行っても平行線なので、私は仕方なく自分の作った料理を食べることに集中した。大きめの肉にかぶりつくと、鳥の肉汁が口いっぱいに滲《にじ》み出す。

（なかなか、イケる）

持参の調味料を混ぜたオリジナルドレッシングをかけたホワイ村の野菜も美味しい。

私が調味料を持ち歩くのは癖のようなものだ。故郷の森にいた時、美味しい物が手に入ったらすぐに料理できるようにと始めた。

（今まで肉を焼いてスパイスを振るだけの料理が多かったから、次はもっと複雑なものを作りたいな……）

そのためには、キッチンの設備を整えなければならない。それには金が要る。

私は、しばらく食べ物を売って生活していくことに決めた。

肉料理を食べ終わり、後片付けをして村長の家を出ると、宣言通りミカエラがついてくる。

彼の手にはいつの間にか、何枚かの板と道具箱があった。

「村長が道具を貸してくれたんだ、廃材はたくさんあるから持っていってもいいってさ。あの人、家具を作るのが趣味みたい」

「村長は、なんでも持っているのですね……」

狩猟小屋に着くやいなや、ミカエラは身軽な動きで屋根に飛び乗った。

（さすが、冒険者。身軽だ）

羽根で移動する精霊ならともかく、人間であることを考えると彼の身のこなしは尊敬に値した。その上、大工仕事までできるなんて凄《すご》すぎる。帰り道で聞いた話では、彼の育ての親がそういったことが得意だったらしい。

ミカエラが屋根を修理してくれている間、私は狩猟小屋の近くで食べられるものを探す。今の私にできることは少ないけれど、彼に晩ご飯をご馳走《ちそう》するくらいはしたいと思ったのだ。

狩猟小屋の壁には、アマモの森へ来た当初に川の近くで見つけたのと同じキノコが生えていた。私は、それをいくつか採る。さらに、小屋の近くの平地に顔を出している山菜も食べられそうなので摘んでみた。こういう時、食べ物を見分ける加護は大変便利だ。

兎《うさぎ》に似た小動物を森で見かけたので、狩りの準備をし弓矢で仕留めて二匹持って帰る。

血抜きをして解体処理していると、それを見たミカエラが、この兎《うさぎ》に似た生き物はポウレットという名前だと教えてくれた。この地域に多く生息する獣らしい。

小さく刻んだポウレットの肉とキノコ、山菜をバター風味の木の実と一緒に大きく頑丈そうな葉っぱで包む。狩猟小屋の奥に使っていなさそうな謎の壺があったので、綺麗に洗ってその中に並べた。

いつの間にか時間が経ち、気付けば夜になっている。

「ミナイ、屋根と壁の修理が終わったよ……って、わあ！　直火《じかび》で料理するんだ？」

焚《た》き火の準備をし始めた私を見て、ミカエラが驚いたような声を出した。

「キッチンがないので」

私の答えを聞いた彼は、ポカンと口を開けた。

「何それ、雨の日はどうするの？」

「その時はその時です。木の実や保存食を食べて凌《しの》ごうかと」

私がそう言い終えるや否や、ミカエラが私の手を引いて狩猟小屋の入り口に近づく。

「ミナイ……ちょっと、家の中見せて」

「ええっ!?」

慌てる私を押しのけて、ミカエラは扉を開け……絶句した。

「お、汚部屋《おべや》っ……！」

「これでも片付けたのですよ？　掃除だって、できる範囲でしました」

確かに、使わない家具が部屋の隅で散乱し、前の住人の持ち物が床に置いてあるけれど、少なくとも前世で住んでいたゴミ屋敷アパートよりは格段に綺麗だ。

汚部屋《おべや》と呼ばれるのは、少しショックだった。

「夕食を食べたら、部屋の片付けを手伝うよ。女の子の部屋って、もっとこう……華やかなものかと思っていたのだけれど」

「せ、精霊の住処《すみか》は、こんな感じです！　家を持たない精霊も多いですし」

精霊の森で暮らしていた頃も、『赤いの』は毎日違う木の上で眠っていたし、『紫の』は決まった洞窟で寝泊まりしていた。

家を持つ精霊の中には、季節の花や獣の皮を床に敷き詰めたりする者もいたが、それはあくまで自己満足の世界。

そもそも、精霊には他人のために部屋を飾る習慣がない。

「と、とにかく……晩ご飯ができましたので、先にどうぞ！」

私は、ミカエラの意識を他へ向けた。

村長が持たせてくれたパンと、ポウレットの蒸し焼きが本日の晩ご飯である。デザートは帰り道で摘んだあの木の実だ。本当は、もっと豪華な食事にしたかったのだが、今の材料と設備で作れるものには限界があった。

壺から取り出した熱々の葉っぱの包みを開くと、真っ白い湯気とバターに似たいい香りが噴き出す。

前世の、ホイル蒸しのようなものだ。

「わあ、いい匂い……」

ミカエラはいそいそとテーブルに着き、食事を始める。

ナイフやフォークなどの最低限のカトラリー類は、村長がくれた。彼の手作りだそうで、素朴な木製のカトラリーだ。

「ミルクのような、不思議な香りのする料理だねえ」

この世界にも食用の乳を出す家畜がいるものの、精霊の森には住んでいなかった。なのでバターは手に入らず、私は似た風味の木の実を代用している。このバター風味の木の実は大変役に立っていた。

「こんな食事にありつけるのなら、毎日通いたくなるよ。ミナイ、お店を開けばいいのに」

キラキラとした目をミカエラに向けられる。私は気分が高揚《こうよう》した。

「それは楽しそうですね。ですが、まずは日常的に使えるキッチンを用意して、調理器具を買うための資金を調達せねばなりません」

人間の役に立たないと城で無視された私だが、ミカエラと村長は喜んでくれている。他にも私の料理を受け入れてくれる人間はいるのだろうか。

私も自分の料理に手をつけた。ふわふわしたポウレットの肉は臭みがなく、山菜は苦味が少なくて食べやすい。木の実のこうばしい香りも食欲をそそる。

「なかなか美味しい……ですね」

我ながら、ホイル蒸しもどきはいい出来だと思った。

そして食事のあとに、ミカエラによって部屋の片付けが始まる。

使わないガラクタ類は全て外に出され、適当な掃除しかしていなかった室内がピカピカに磨き上げられ……もの凄《すご》くスッキリした部屋になった。

「あれ？」

ふと、部屋の奥のスペースが気になり、私はそちらへ足を向ける。

古びて使えなくなっていた棚をどけた後ろに、不思議な台のようなものがあった。

「これって……」

台は腰までの高さで、その隣にかまどや暖炉のようなものが見える。

「キッチン!?」

今まで全く気がつかなかったが、なんと、この狩猟小屋にはキッチンが装備されていたのだ。

私はミカエラに感謝した。

狩猟の時期だけに使う小屋だと思っていたが、案外普通に人が住んでいたのかもしれない。

(使えない壊れた棚などは薪《まき》にして売れそうなものを明日町で換金しよう)

それらを売ったお金で鍋やフライパンを買いたい。

私はご機嫌で、村に戻るミカエラを見送りに出る。

「ミナイ、他に困ったことがあればなんでも頼って」

「ありがとうございます。ミカエラは、どうして私にそんなによくしてくれるのですか？」

「……それは」

何かを言いかけたミカエラは、私の顔を見て視線をそらす。なぜか、小屋の明かりに照らされた彼の頬はわずかに赤みを帯びていた。


翌日、私は使わない家財道具を町へ売りにいった。

精霊は力が強いので、一人で家具を持ち運ぶことができる。私は森と町とを数回往復した。

無事に鍋やフライパン、その他諸々の調理器具を揃え、食器や調味料になりそうな木の実を買って帰路につく。

（無事に買い物ができてよかった）

精霊の森にいた頃は老精霊が人間の世界から持ち帰った鍋やフライパンを借りて調理していた。

今、自分用の調理器具が揃って、とても感動している。

外は雨が降っており、シトシトと森全体に雨音がしていた。アマモと呼ばれるこの森はもともと降水量が多く、森の奥に進むにつれて周囲がしっとりとしてくる。

狩猟小屋に戻った私は、古びた木枠の窓から外の様子を観察した。

「豪雨《ごうう》というわけではないし、森で食材調達はできそう。雨の日に採れる食材を探そうかな……？」

私は大きな籠《かご》を持って森の奥へ向かった。人間と違い、精霊は雨に濡れても平気だ。

降りしきる雨の中、ピョコピョコと跳ねる小さなカエルを追い越してアマモの森を駆け抜ける。

（キノコ発見、これは食べられる！　カタツムリに似た生き物を発見、これも食べられる！）

雨の日の森は、いつもと様変《さまが》わりしていた。ぬかるんだ地面にできる水たまりの中に、魚や食べられる藻、水の中にしか生えない木が出現している。

あとで村長に教えてもらったのだが、アマモの森の語源は雨の海――雨の日に森が海のように変化することから、つけられたそうだ。

木の実、草、キノコ、カタツムリ、魚、藻をゲットした私は、いそいそと小屋へ戻った。泥だらけになった服と靴を、森の植物を編んで作った洗濯籠《せんたくかご》へ放り込み、早速料理の準備に取りかかる。

（はじめてのキッチン作業、上手《うま》くできるかな）

電子レンジやコンロのような便利な道具はない。濡れた服のままで四苦八苦していると——

「へくしっ！」

雨に濡れたせいか、唐突にくしゃみが出た。

（精霊は風邪なんて引かないはずなのに、おかしいな……）

けれど、特に気にとめることもなく私は調理台へ向き直る。

さっそく魚を並べた。水たまりの中にいた魚は、前世の川魚に近そうだ。川魚は、鱗《うろこ》を取らずに料理できる場合が多い。

まずは、魚のぬめりを取り、内臓を取り除き、岩塩を振って、リブという植物の実から取れた油を岩板《がんばん》にひく。以前の世界にあったニンニクに似た香りの草を腹に入れて岩板《がんばん》で炙《あぶ》った。このような香りづけは、こちらの世界にはない発想だ。

（いい匂い……）

木の実とキノコ、小屋に保存していた香草も一緒に焼き、町で購入したスパイスを振ると完成。簡単だが美味しそうな魚料理が出来上がった。

小屋全体に料理の匂いが広がる。

料理をテーブルに運び、私がまさに一口目を頬張ろうとした瞬間——

トントンと、小屋の扉を誰かがノックする音が聞こえた。

（もう、いいところだったのに）

小屋の入り口に向かい、扉の外に立っている人物を見て私はぱちぱちと瞬《まばた》きする。

そこにいたのは、ミカエラだった。彼とはかなりの頻度で会っている気がする。

「少し話したいことがあったんだ。それに、小屋の付近に良い匂いが漂《ただよ》っていたし……」

そんなことを言いながら、ミカエラは机の上に熱い視線を送っていた。机には、私が食べようとしていた魚料理が載っている。

「雨の日だというのに、よく匂いがわかりましたね？」

「天気が関係ないくらいはっきりしてたからね。それで、いい匂いの正体はあれかな？」

「……今から晩ご飯なのですが、よかったら一緒にどうですか？」

私の提案に、ミカエラの顔がキラキラと輝いた。

「もちろん食べる!!」

彼も、まだ晩ご飯を食べていなかったらしい。私は木のお皿をもう一枚用意して、魚を半分に切り分けた。

二人で「いただきます」と言い、さっそく魚にかぶりつく。

「美味しい、今までに食べたことのない味だ！　森で獲れる魚は臭みがあることが多いけれど、これはとても食べやすいよ」

初めて作った森の魚の料理を喜んでもらえた私はまた少し嬉しくなる。ミカエラは、私を喜ばせるのが上手だ。

「気に入ってもらえてよかったです……」

照れくさくて、魚を頬張りながら彼に返事をする。

私たちは、すぐに魚料理を食べ終わった。二人で半分に分けたため、まだお腹に余裕がある。もう一品くらい欲しい。

(カタツムリは、一週間ほど寝かせないと食べられないなあ)

前の世界のバイトで調理したことのあるカタツムリは、一週間ほど断食させてお腹の中のものを空にしないと食べられなかった。ここでも、きっと同じだろう。さらに、熱湯でシメて殻から身を出し、それを洗うなどの処理が必要になる。今すぐは食べられなかった。

「キノコと藻の残りがあるから、お味噌《みそ》汁でも作ろうかな」

水たまりで捕まえた小さな魚を出汁《だし》に使用し、キノコと藻を加えて味噌《みそ》に似た味の木の実と混ぜる。

(この料理は簡単だから、すぐにできるよね)

席から立ち上がったミカエラが、興味深そうに私が料理する様子を観察していた。完成したお味噌《みそ》汁を木のお椀に入れ、パンの残りを添えて机に並べる。

「いい匂いだね……美味しい。ミナイの作った料理を食べると、なんだかホッとして幸せな気分になれるよ」

そんなことをミカエラが言うので、なんだか私までつられてほっこりした気持ちになった。

「いつも、美味しい料理をありがとう」

「いいえ、そんな……私のほうこそ、お世話になってばかりで。ありがとうございます」

「それに、大イガルゴの件といい、アドレナの件といい……ミナイには、感謝しているんだ」

「滅相もない！　私も、お肉をいただけて嬉しかったですし」

そう言うと、ミカエラは神妙な顔つきになった。

「アドレナを退治した時や、ポウレットを狩ってきた時に思ったんだけれど、ミナイは狩りが得意なのかい？」

「ええ、まあ。精霊生活の基本は、自給自足なので……皆、人間より狩りは得意ですよ。特に、私は料理を作るのが好きなので、大物も頻繁に狩っていました」

私がそう言うと、ミカエラは「精霊って意外にアグレッシブなんだね」と感心している。

そう、精霊は見た目と違い力持ちだし、弓の扱いが上手《うま》い者が多い。精霊に接することの少ない人間たちは、きっとそれを知らないのだろう。

「あのさ……実はそんなミナイに頼みたいことがあるんだけれど」

「なんですか？」

「今度、また獣退治の依頼が入ったんだ……君は変わった肉料理に興味はあるかい？」

「ありますが、どうしてですか？」

「よかったら、次の僕の獣退治を手伝ってくれないかな？　昨日のように離れた場所から援護してくれると、とても助かるんだ。退治によって得た報酬は山分けするし、肉は全てあげる。もちろん、危険な仕事だから無理にとは言わないけれど」

獣退治の助っ人というのは意外なものの、条件は悪くない……どころか、よすぎる。ミカエラは危険だと言うが、狩りは精霊の生活の一部だ。危ないとは感じていない。

（お金が欲しいところだし、引き受けたいな）

今ある設備や材料では、作れる料理に限界がある。小屋の家具も揃えたいし、キッチンの設備も増やしたい。そのためにも、まずはまとまった資金が必要だ。

自分の作った料理で笑顔になってくれる人がいたら、他人から認められ、必要とされているような気持ちになる。

自己満足にすぎないけれど、私は自分の作った料理を人に提供したい……ミカエラや村長と接するうちに、私の中にそんな気持ちが芽生え始めていた。

（しかも、貴重なお肉が全てもらえるなんて、夢みたいだ）

その中には、今まで味わったことのない美味な肉があるかもしれない。

「あのですね、精霊は狩りが得意なので、別に隠れて援護しなくても正面から獣を倒せます。そのお話をお引き受けしましょう。あなたの仕事のお手伝いをさせてください」

私は、ミカエラの提案を受けることにした。

四　体調不良

一面が緑色の海のような大草原に私は立っていた。吹き抜ける風が心地よい。精霊は風や水や草花と相性がいいのだ。

そんな私の隣には、武装したミカエラがいる。華奢《きゃしゃ》な体つきの彼が、冒険者などという危険な仕事をしているなんて、人は見かけによらないものだ。

これから私たちは、二人で獣討伐を行う。

「言い出したのは僕だし、君を守りながら戦う自信はあるけれど……本当に、大丈夫？」

「平気です。私はミカエラより狩りが上手だと思いますよ」

ミカエラは苦笑した。彼は数本の鋭利なナイフを、私は手作りの弓を手にしている。

「ミナイは投石でアドレナを倒してしまうくらいだものね。けれど、今回の武器は木でできた弓だけだし、ちょっと心配だな」

私の貧相な装備を見たミカエラは、困ったように曙色《あけぼのいろ》の髪をかき上げた。彼自身は、冒険者らしい軽めの装備を身につけている。

「大丈夫ですよ。あなたに借りた防具がありますす」

少しでも安全な格好をということで、私は出かける前に革の防具一式を着せられていた。ミカエラの持ち物なので、ちょっとサイズが大きい。

「今日の獲物は、ゲギアという大きな蛇に似た獣だよ」

「うーん、蛇ですかぁ……どうやって料理しようかな」

私の頭の中は、手に入れた食材をどう有効活用するかですでにいっぱいである。

（爬虫類《はちゅうるい》や両生類の肉は、鳥と魚の間みたいな味だと聞いたことがある。シチューかスープの具にしようかな）

実際に肉を手にしてみないとわからない部分はあるが、初めての食材に期待が高まった。

「それで、そのゲギアはどこにいるのですか？」

「すぐに現れるはずだよ。この草原を通る隊商が、毎回襲われているらしいから……」

彼の言った通りだった。

不意に草原の一部がガサガサと不穏な音を奏《かな》で始め、草の下の土が盛り上がり、そこから巨大な蛇の頭が現れる。ゲギアは地中に潜《ひそ》み、獲物が近くに来るのを待ち構えていたのだろう。

「ミナイ、あれがゲギアだよ！」

ミカエラの叫び声と共に、土の中からゲギアの巨体が垂直に飛び出す。

「わあっ!!」

私は、慌てて空へ羽ばたこうとして踏みとどまった。

この草原に人の行き来が全くないとは限らない。もし空を飛んだところを見ず知らずの人間に見られれば、驚かせてしまう。城の人間と契約していることの多い精霊は、あまり一般的な存在ではないのだ。

そう判断した私は、ギリギリでジャンプし、ゲギアの体当たりを逃れた。

「セーフ……」

右からミカエラが数本のナイフを投げ、私は左から弓でゲギアの額《ひたい》を狙うが、当たった矢は弾《はじ》かれてしまった。

(ゲギアの皮膚は硬いのか。これは、解体作業に苦戦しそう)

狙いを変えて、私はゲギアの目を射る。

(どんな生き物でも、目は弱点だものね)

今度は命中だ。痛みに悶《もだ》えて大きく開いた口の中に、もう三発ほどお見舞いする。

「うわぁ……凄《すご》いけど、ちょっとゲギアに同情する」

髪を風に靡《なび》かせたミカエラが、そう呟《つぶや》きながらナイフでゲギアの脳天を貫《つらぬ》き、とどめを刺した。

「ゲギア退治、完了ですね」

これで、楽しみにしていた料理の時間だ。

私たちは村に大量の肉を持ち帰り、村長にゲギア退治の顛末《てんまつ》を報告した。今回ミカエラに依頼を出したのは、彼だったらしい。

「おお、これもうまそうな肉じゃのう。しかし、ちと量が多いようだ……」

村長の提案でホワイ村の村人たちにも料理を振る舞うことになった。

「実はのう、お前さんのうまい料理を村人たちに食わせてやりたいと、常日頃から思っておったん

じゃ」

今、私の目の前には、村人分の美味しそうなご飯がずらりと並んでいる。村長の家のキッチンで作った熱々のゲギアの肉入りスープに、これも彼の家で焼いたふわふわの白パン。森の果物のフルーツポンチに、森に咲く花のお茶だ。

村長が家にいろいろな食材を用意してくれていたので、思ったよりも豪勢な内容になった。

ゲギアの解体処理は大変だったけれど、その甲斐《かい》があったというものだ。

村長の家の外に並んだテーブルや、赤と白のギンガムチェック柄のテーブルクロスは、ホワイ村に住む人たちが用意してくれた。全員で五十人くらいの彼らは、料理を食べるために席についている。

ゲギア肉の残りは小屋の外で燻製《くんせい》にしている最中だ。驚くべきことに、村長の家には燻製《くんせい》小屋まであった。

村長は、残ったゲギア肉で『ゲギア酒』を作るつもりらしい。彼は、酒も好物のようだ。

「いただきまーす！」

テーブルを囲んだ私たちは、早速ゲギア料理を試食する。

「うわぁ、肉がトロトロだ！」

「スープによく合うね！」

村人たちは笑顔で食事をしている。そんな光景を見た私は、とても幸せな気分になった。

「もうすぐ燻製《くんせい》も出来上がるから、取ってきますね」

浅く燻製《くんせい》した肉を切り分けると、スモーキーないい香りが広がる。

「うまい！　丁寧に燻《いぶ》しただけのことはあるな！」

「本当だね、ミナイは料理の天才だ。やっぱり、お店を開きなよ」

村長やミカエラも、ゲギア料理を絶賛してくれた。またしても、私の料理を喜んでくれる人たちのおかげで心が救われていく。

「そんな、大げさですよ……ケホ、ケホッ！」

二人と話していると、唐突に乾いた咳《せき》が出た。

（まただ。おかしいな。精霊は、病気になんてならないはずなのに、どうして咳《せき》が出るのだろう？）

不思議に思ったものの、特に体調は悪くないので再び放っておく。私は他の人たちが料理をどう思っているのか観察した。

「精霊さんのお料理は、美味しいわねえ」

村人の一人がそう言った。

「そうだな。それに村の近くに精霊が居ついてくれるなんて幸運なことだ」

別の村人も、私を見ながらそんなことを喋《しゃべ》っている。

（えっ!?　私の正体が、バレているみたいなんだけど？）

しかし、その割に、村人たちは私に普通に接してくれていた。

「また、精霊さんの料理を食べたいね」

「ああ。そうだね」

村人の穏やかな反応を見て困惑する私に、村長が微笑みながら話しかけてきた。

「大昔の話なのじゃが……このホワイ村では、精霊信仰が盛んだったらしい」

「精霊信仰とは、なんですか？」

「今みたいに精霊が騎士のもとで働いていなかった時代——精霊と人との交流がもっとあった時代の話らしいが、この村では様々な幸運を引き寄せてくれる精霊たちを崇《あが》めて大切にしていたんじゃ。それは、精霊が人々の前に姿を見せなくなった今でもなんとなく続いている」

村長の言う『幸運』、とは精霊の加護を指しているのかもしれない。

いずれにせよ、こんな優しい人々に出会うことができた私は幸せだと思った。城を出る時はどこか投げやりな気分もあったけれど、少しずつそんな感情が薄れている。

（このまま、前世の記憶を持って生まれ変わったことに、意味を見出せる日が来るのだろうか）

そう考えながら帰路についた私は、狩猟小屋の設備を充実させるための計画を練ることにした。

ミカエラの討伐を手伝ったおかげで、現金が手に入ったのだ。それも、結構大きな額である。

（冒険者って、儲《もう》かるんだなあ）

腕の良し悪しにもよるのだろうが、少なくともミカエラはかなり貯《たくわ》えていると言っていた。

「ケホッ……」

また唐突に咳《せき》が出る。生まれてこのかた、精霊である私は健康そのものだったというのに。

（でも、明日の食材を探しにいかなきゃ。夜にしか取れない材料があるかもしれないし）

そう思い、私は夜の森を散策することにした。精霊は夜目が利くのである。

夜のアマモの森は不気味な上に、出現する獣の危険性も上がる。私のような精霊は別として、村人たちは近づかない。

風が吹くたびに、木の葉がガサガサ、ザワザワとおどろおどろしい音を立てていた。

不意に人の気配を感じ、私は月明かりに照らされた木々をじっと見つめる。

しばらくその場を動かずにいると、木々の間から二つの人影が現れた。

「急にいなくなったかと思えば、ここにいたのか……脱走精霊」

聞き覚えのある怜悧《れいり》な声を発したのは、こんな場所にいないはずの人物だ。暗闇《くらやみ》の中でもその姿がはっきりとわかる。

黒い短髪に軍服、闇《やみ》の中でもキラリと光る銀縁眼鏡。そう、覚えのある声の彼は、私の契約主を探してくれると言っていた王太子、ジェラール・ガルディオその人だった。

そんな高貴な人間が夜の森に現れたことに、少なからず私は動揺する。普通の王族は、少人数で行動しないものだ。

「な、なぜ、あなたがこんな場所にいるのですか⁉」

私は、月明かりに照らされて無表情で突っ立っているジェラールに問いかけた。彼の背後では、よく見知った少女が菫色《すみれいろ》の瞳を潤《うる》ませている。

「『水色の』……無事でよかった。会いたかったわ」

彼女は、私と同様に騎士に選ばれなかった精霊――『紫の』だった。

「ええ、私もまた『紫の』に会えて嬉しいです。けれど、どうして夜の森に？」

「それはっ、私がこの人と契約していて。彼が……」

今にも駆け出してきそうな『紫の』を王太子が引きとめる。そして先ほどの私の質問に答えた。

「私たちは、城から脱走した精霊を探しにきたのだ」

彼の言葉に、私は「やっぱりか」と納得した。それでも、抵抗を試《こころ》みる。

「私の加護は騎士たちには必要のない『料理』ですよ？」

「ああ。だから、脱走精霊は捨てておけという連中も多かった……君が、アドレナやゲギアを退治するまでは」

話を続けながら、彼はゆっくりと私に近づいてくる。

どうやら騎士たちは、加護は使えなくとも私の狩りの腕は使えると踏んだらしい。

「それで、私を連れ戻しに来たのですか？」

「そうだ。君には、騎士と契約してもらいたい」

「……嫌です」

私は、はっきりした声でそう言った。

冗談じゃない。勝手に不用品扱いしておいて、今さら手のひらを返したように連れ戻しに来るなんて。そんな相手を信用できるわけがない。

「私のことは、もう放っておいてください。私は、ここで静かに生きていきたいのです」

「だが、このままでは……君は弱って死んでしまうぞ？」

「え？」

唐突なジェラールの言葉が理解できず、私はその場で固まった。

そんな私を見た彼は「やっぱり知らなかったのだな」と呟《つぶや》き、肩をすくめながら説明してくれる。

「この国の精霊は、契約の義務を放棄すると呪いにかかり半年で死に至るのだ。真実かどうかはわからないが、罰が下ると言われている」

「そんな、馬鹿げた話……！」

声を荒らげる私に対し、眼鏡の王太子は冷静だ。淡々と告げる。

「だから、君も早く契約主を探さなければいけない。それが、君自身のためなのだ」

「嫌です」

私は激しく首を横に振った。

(せっかく、ミカエラやホワイ村の人たちに必要とされている気がしていたのに)

私は、この村の温かい人々や親切なミカエラが好きなのだ。

(あの人たちと離れたくない！)

私の強い意志に、未来の国王は困った様子でため息をつく。

「これは、我が国に伝わるお伽話《とぎばなし》なのだが……その昔、精霊の娘と当時の王が恋に落ちたらしい。娘は王に嫁ぐことになり、その際に一つだけ条件をつけた。それが、この契約だ。詳細は今となってはわからないものの、それ以来騎士との契約は精霊の義務であり、例外は許されない」

「そのお伽話《とぎばなし》は私も知っています。迷惑な話ですよね。その条件を守らなければ罰として半年で死ぬだなんて……」

「どういう作用でそうなっているのか、正直言って私もよく知らない。だが、半年を過ぎれば精霊は確実に死ぬ。それは、過去の例から確定している」

「実際に死んだ精霊がいるのですか?」

「ああ、残念だが存在する。それも一人ではない。かつて契約を拒んだり、契約相手が見つからなかったりした精霊が死ぬという事例がいくつもあった。だから、私は君の契約相手を探していたのだ」

「そうだったのですか」

私のために動いてくれた王太子は悪い人ではないのだろう。少なくとも、第二王子よりはよほど好感が持てる。

けれど、私は城に戻ることに抵抗があった。

微妙な加護の精霊と嫌々契約させられた人間は、私のことを疎《うと》むだろう。前世の母のように「厄介なものを押しつけられた」と言って……

私がいてもいなくても、騎士たちの業務にたいした差は出ない。

それならば、たとえあと半年の命であっても、自分を必要としてくれている人たちのもとで好きなことをして過ごしたい。

(どうせ二度目の人生で、おまけみたいなものだし。それなら今度の人生は、笑って死にたい!)

決意の固さを悟《さと》ったのか、ジェラールは盛大なため息をついて私から離れた。

「君の気持ちはわかった。今日のところは引き下がろう。だが、よく考えるんだ。今の自分にとって何が一番よい道なのかを」

ジェラールの後ろで『紫の』が縋《すが》るような目を向けてくる。その顔は、とても複雑そうに歪められていた。

彼女に話しかけようとした私を遮《さえぎ》り、ジェラールが言葉を続ける。

「こちらにも事情があるのでな。君を連れ帰るまで、近くに滞在する予定だ。彼女とはまた改めてゆっくり話すといい」

彼にあっさり引く気はないらしい。

突然の厄介な人物の登場に、私の心はいつになく波立った。

※

ジェラール・ガルディオは、鬱蒼《うっそう》とした森を足早に進み、近くにある村を目指していた。

(予想外の反応をされてしまったな。まさか、拒否されるとは)

脳裏に浮かぶのは、水色の髪の精霊の険《けわ》しい顔だ。

(だが、無理もないことなのかもしれない。最初にあれだけ邪険にされたのだ。それにあの事実を知れば、さらに契約などする気をなくすだろう)

彼の後ろを、紫色の髪をした精霊が心配そうな表情を浮かべて飛んでいる。

「シオン、言いたいことがあるのか?」

ジェラールはこの精霊と契約し、彼女を『シオン』と名付けていた。『言語』の加護を持つ彼女は、内政業務に携《たずさ》わる王太子の助けになっている。

シオンは困ったように眉を下げ、口を開いた。

「ジェラール様……『水色の』は、昔から他の精霊と違う感性を持っていたから、きっと契約を拒むのには理由があるんだわ」

「……そうか」

「『水色の』があそこまで自分の意見を押しきるのは珍しいのよ。だからあの子の願いは叶えてあげたい。とはいえ、寿命のことを考えると、契約させなきゃ。どんな形であれ、生きていてほしいもの。ただ、契約の実態を知っている身としては複雑な気持ちなの。私は、あなたと契約できて運がよかった」

「そうだな。私も精霊の待遇については、早急に改善したいと思っているのだ」

水色の髪の精霊に話したお伽話《とぎばなし》は、確かに契約の原点だと言われている。

しかし、それが真実なのかは今となってはわからないというのが、本当のところだった。

もっとも、この国に生まれた精霊たちは、条件に従わない場合命を落としてしまう――それだけは、覆《くつがえ》しようのない事実だ。

(精霊たちにとって、今の騎士と契約するのは苦しいだけだろうな)

ジェラールは、そっと赤い目を閉じて自嘲《じちょう》した。精霊を苦しませているのは、他ならぬ自分たち――この国セインガルトの人間なのだから。

実は精霊を操りやすくするために人間側は狡猾《こうかつ》な手を使っている。

精霊が成人したてでわけがわかっていないうちに、騎士団の者と無理やり契約させ、そのあとで、、、とある事実を明かすのだ。

それを知って精霊たちが後悔しても、すでに契約はなされていて逃げることはできない。生きたまま引退できる精霊は稀《まれ》で、ジェラールは今までに数例しか見たことがなかった。

(どのみち、契約をしなければ体が蝕《むしば》まれて死に至る。精霊側に選択肢などないしな)

ジェラールは、従順についてくるシオンへ目をやった。

そう、一度契約をした精霊は、自らの弱点を契約相手に握られ、その人間の言葉に一切逆らえなくなる。相手の意に反する行動――つまり、命令違反をすれば命の危険にさらされるのだ。

(契約などと言っているが、実情は人間による搾取だ。もちろん、そうではない例もあるが)

問題は城の騎士たちには気の荒いものが多く、優しく純粋な精霊を平気で戦場へ放り込むことだ。精霊の多くは、慣れない戦場で過酷な命令に従い命を落としてしまう。

(脱走したあの精霊の判断は、ある意味正しいのかもしれないな)

逃げ出したのは、たいした加護を持たない、引き取り手がまだ決まっていない精霊だった。見逃しても特に害はないと思われ放置されていたが、すぐに事態が大きく動いてしまったのだ。

国が頭を悩ませていた害獣が連続で倒された。それを倒したのがあの脱走精霊だという。城にいる精霊たちに質問したところ、あの水色の髪の精霊は弓の名手で、一番狩りが上手《うま》いらしい。戦闘力は、弟が契約した精霊と同等なのだとか。

事実が判明した途端、彼女を欲しがる声が騎士団内で続々と挙がった。騎士団内だけではなく、趣味が狩りという貴族や、関係のない内政担当者までもが彼女に目をつけ始めている。

(私が城を駆けずり回って契約相手を探していた時は見向きもしなかったくせに、コロリと態度を変えて……)

勝手な周囲に、ジェラールは内心呆れていた。

(とにかく、あの精霊を説得しなければな)

ジェラールは、これから先に起こる面倒事を考えて深いため息をつくのだった。

※

王太子ジェラールと友人の『紫の』が狩猟小屋を訪れた二日後、私——ミナイは、ホワイ村で開かれる『飲んだくれ祭り』の準備をしていた。ゲギアの件で仲よくなった村人の一人が教えてくれたのだ。

この『飲んだくれ祭り』は昔々から続くホワイ村の神聖な行事で、酒を飲むことで体の中の悪いものを追い出すという行事らしい。

その村人や村長が熱心に誘ってくれたので、私も『おつまみ提供係』として祭りに参加させてもらうことにしていた。まだゲギアの燻製《くんせい》が残っているし、他の料理にもチャレンジしてみたかったのでちょうどいい。

（何種類かおつまみを作って、祭りに貢献しよう）

精霊はお酒が大好きなので、たくさんお酒を飲めることも嬉しい。精霊の成人年齢は十六だし、この国の飲酒可能年齢は十歳以上なので倫理的にも問題ない。

まずは、ゲギアの肉のおつまみと、ラギという村で飼育されている家畜の乳から作ったチーズを用意する。ラギは、山羊《やぎ》と鹿《しか》とを組み合わせたような姿の生き物だ。今回もらったチーズは、村長の家のラギのものだった。

次に、森に生える野菜を甘辛く味付けしたもの、木の実を塩とスパイスで調理したものなどを作り始める。

「ケホッ、コホッ……」

また、唐突に咳《せき》が出た。

（まだ咳《せき》が治らないけれど。これがジェラールの言う『余命半年』に関係しているのかな）

もし、そうだとしても、騎士と契約をしようとは思わない。自分を受け入れ、必要としてくれているミカエラやホワイ村の人たちの近くで余生を過ごしたいからだ。

私は咳《せき》を無視して美味しいおつまみを作るべく、台所に立つ。しかし、手元に大事な材料がないことに気がついた。

「ハチミツがない……」

甘辛いおつまみを作るためには、ハチミツが欠かせない。小屋の近くのものは全て採り尽くしてしまったので、森の奥にある蜂《はち》の巣まで行かなければならなかった。

ナイフと壺を持った私は、さっそく森へ出発する。しばらく進むと、蜂《はち》の巣を発見した。この森に棲《す》む蜂《はち》は毒もないし大人しいので、ブンブン唸《うな》っていても無害だ。

（こうやって、削り取った巣を壺に突っ込んで完了！　我ながら超適当だな……）

帰り道で、ヒヨヒヨと不思議な声で鳴く大きな鳥が棲《す》んでいる巣を発見した。鳥が出かけるのを待ち覗いて見ると、中に十個ほどの卵がある。私はその中の二つをもらった……親鳥には悪いが、とてつもなく美味しそうだったのだ。

そのあとは空を飛んで小屋に戻り、おつまみ作りの続きをする。

アマモの森に生える醤油《しょうゆ》風味の草をすり潰し、唐辛子の味がする木の実を削り、味噌《みそ》に似た味の実とゲギアの肉をあえて、ピリ辛味噌《みそ》のおつまみを作る。それとは別に、ハチミツを使用した甘辛いおつまみも用意した。

鳥の卵は一度ゆで、森の木の実を乾燥させたものに塩とスパイスを振って炒める。

森で採れた野菜は、きんぴら風に味付けした。小魚の出汁《だし》とハチミツと塩で味付ける。

（んっ、美味しい。祭りには、堂々と自信作を持っていけそう）

私はおつまみを木箱に詰め込むと、空を飛びながらホワイ村へ向かった。村人たちには精霊だとバレてしまっているそうなので、隠すのはやめたのだ。それに、大事な『おつまみ提供係』の仕事に遅刻するわけにはいかない。

村に到着すると、飾りつけられた広場に大勢の人々が集まっていた。とはいえ、ホワイ村の住人と、その血縁者だけの小規模な祭りだ。私も、安心して参加できる。

祭りのために建てられたのであろう、即席の木の柱には、不思議な模様が描かれたランタンがたくさん並んでぶら下がっていた。

「あれに描かれているのはこの地方の伝統的な柄《がら》みたいだね」

「……えっ!?」

急に話しかけられた私は、文字通り飛び上がってしまった。

「ふふ……ミナイって、面白すぎ」

目の前で腹を抱えているのは、祭り用に少し着飾ったミカエラだ。

いつも以上にかっこよくて、ちょっとドキドキした。速くなった鼓動を意思の力で落ち着かせる。

妙に気恥ずかしくて、彼と目を合わせづらい。

「今日は、君のおつまみ目当てで参加したんだ」

彼はそう言って、にこりと笑った。

温かい光を放つランタンの下には、すでに飲んだくれた中年男性たちがいる。広場の中心での村長の挨拶が終わると、あとは無礼講だ。

村人に、無料で酒やおつまみが振る舞われた。おつまみ作りに参加した私や、村に害をなしていた獣を退治したミカエラも、村人と同等に扱われる。

私は、せっせとみんなに料理を提供した。

ちなみに二つしかない貴重な卵は、日頃の感謝を込めて、ミカエラと村長にプレゼントしている。

二人共、とても喜んでくれた。

「うまい、なんだ、このコクのあるチーズは！」

「このピリ辛がたまらん！」

「この野菜、美味しいわぁ!!　お、お代わり!!」

村の人たちも喜んで私のおつまみを食べてくれた。彼らは大いに飲み食いし、私の作った料理は全て村人たちの胃の中に収まっている。

なんだか感慨深い。

「うぃー！　お前さんも、飲んでいるかのう？」

そう言いながら、木のジョッキを持って目の前に現れたのは、酒好きの村長だ。

「はい、私はお酒が大好きですから」

「ミナイは、ザルじゃのう。ミカエラも……さっきから何杯飲んでいるんじゃ？」

村長に言われてミカエラを見てみると、大きな酒瓶を五本も空けていた。かなりの酒豪だ。

「精霊は何杯飲んでもほとんど酔わないのです。ミカエラは……普通にお酒に強いのでしょうね」

大量に酒を飲んだミカエラだが、素面《しらふ》と変わらない見た目なので、まだまだいけそうである。

「そうじゃ、お前さんに秘蔵の酒をやろう！　料理と獣退治の礼じゃ！」

「え、でも……こんなにもらえませんよ。私は、森に住まわせてもらっているだけで充分なのに」

「何を言う。もともと、このための祭りなのじゃ。この祭りの発端は精霊信仰からきておる……精霊に感謝して酒を供《そな》える祭りなんじゃよ」

「精霊信仰の祭り？」

「そう。だから、お前さんは気にせんでいい。これは、小屋に持って帰りなさい」

そう言うと、村長は私の腕に次々に酒瓶を押しつける。

「えっ、ああっ……ありがとうございます？」

私は困惑しながら酒を受け取り、それらを狩猟小屋へ持って帰った。

不思議なことに、祭りのあと、村長以外の村人からも『お供《そな》え』として、野菜や手作りのテーブルクロスなど様々なものをもらうようになってしまったのだった。


お祭りの翌朝、私は食材の調達に行ってきた。四つの別々の鳥の巣から取った卵が計八個に、村で飼育している家畜ラギの肉の燻製《くんせい》。

それらを岩板《がんばん》で焼いてベーコンエッグを作り、ラギのチーズと白パンでクロックマダムにする。

残りの卵は、村長の小屋を借りて燻製《くんせい》にすることにした。

木のお皿に載せてクロックマダムをテーブルへ運ぶ。表面からジュワリと脂《あぶら》が染み出した。

「んふふふ、美味しそう……いただきます」

一口齧《かじ》るとトロトロのチーズが伸び、半熟卵の旨味《うまみ》で口の中がいっぱいになる。私は、あっと言う間にクロックマダムを平らげた。

今日は村長にもらったお酒で、数種類の飲み物を開発しようと決める。残された時間が短いのなら、いろいろ試してみたい。

アマレドというオレンジに似た果物と、リノンというレモンに似た果物、他にパイナップルに似た果物を用意し、それぞれの果汁を絞って混ぜる。

そこに、昨日のお酒を加えて、町で手に入れた砂糖代わりになる木の根を溶かして作った手作りシロップを入れる。

「んん！」

口の中にフルーティーな甘みが広がった。美味しい。

次は、ミントに似た薬草と森の奥に湧き出る温泉水を冷やしたものとを別のお酒に混ぜた。

「爽《さわ》やか！　これは村長へのお礼に……」

生憎《あいにく》小屋には瓶が少ししかないため、まだ町で売ることはできない。

（今度、町で瓶を買おうかな？）

とりあえず、用意したお酒を家にあった瓶に入れ、家を出る。朝の森は心地よい。

しかし、私は前方に不吉な人影を発見してしまった。

眼鏡の王太子――ジェラールである。『紫の』はいないらしく、今日は彼一人だ。

「脱走精霊、朝から元気だな。どこへ行く気だ？」

「村へお酒を届けに……言っておきますが、何度小屋に来られても騎士とは契約はしませんよ？」

「君が城から脱走して半月、そろそろ体調が悪化しだす。嫌でも契約することになるだろう」

赤い瞳がじっと私に注がれる。彼の言うことは正しい……私が強情なだけだ。けれど、私はこの森で暮らす心地よさを知ってしまった。

「今は、戻る気はありません。これを差し上げますので、今日は帰ってください。ではっ」

ミント風味のお酒を一本渡し、逃げるようにその場を飛び去る。空中から下を見ると、ジェラルドは不思議そうに酒瓶を眺《なが》めていた。

変化があったのは、その翌日のことだ。この日は、捕獲してからちょうど一週間経ったカタツムリがいたので、それを調理しようと考えていた。

（一週間以上、待った甲斐《かい》があったなぁ……）

私は、岩板《がんばん》の上を見てヘニャリと頬を緩《ゆる》ませる。

目の前で良い香りを上げているのは、雨の日に採取したカタツムリ。ニンニク風味を出すリブの実と香草、バターに似た味の木の実で下味をつけたそれを、じっくりと焼く。

下処理は大変だったが、料理自体はそこまで難しくはない。

（ゲギア退治のお金がたくさんあるから、カタツムリは売らずに昼ご飯として食べよう）

さっそく、私は料理をテーブルに運んでカタツムリの試食に取りかかる。すると、絶妙なタイミングで小屋の扉がノックされた。

（ミカエラか村長かな？）

私は期待しながら入り口に向かう。

だが、開いた扉の前にいたのは、彼らではなかった。ジェラールだ。

私はがっかりした。

「……契約ならしないと言いましたよね？」

「今日来たのは、その用事ではない。それよりも……なんだ、この香ばしい匂いは？」

「カタツムリ。今から食べるんです」

そう言って私は彼を放置して席に戻り、もりもりとカタツムリを食べ始めた。

（予想通り、美味しい……！）

歯応えもいい感じだし、口いっぱいに香草とリブの実の風味が広がる。

「いつまで、そこにいるんですか？」

扉の前には、まだジェラールが立っている。彼の視線は、お皿の上のカタツムリに釘付けになっていた。

「……もしかして、食べたいんですか？」

私の言葉に、ジェラールはハッと顔を上げ、こちらへ近づいてきた。仮に彼が私を捕まえようとしても逃げきる自信はあるので、向かいの椅子を勧めてみる。

新しいフォークとナイフを渡すと、ジェラールは椅子に腰かけおずおずとカタツムリを頬張った。

狩猟小屋に沈黙が落ち、しばらくして彼が立ち上がる。

「うまい！　城で食べるものとは比べものにならない！」

「香草などで味付けしてるんです」

一応王太子なのに、毒味しないのかなと思いつつ、私は彼に説明した。

「王都にはない味だ！　昨日、君にもらった酒もうまかった。今日は、その礼を持ってきたのだ」

「えっ？」

意外な言葉に私が動けずにいると、ジェラールは懐《ふところ》から可愛らしい髪留めを取り出す。

「綺麗なデザインですね」

差し出されたのは、金の葉っぱがかたどられている高価そうな品だ。

精霊は草花など自然のモチーフが大好きなので、おそらく『紫の』が助言したのだろう。

「あの……カタツムリの他にも、川で採った貝を酒蒸しにしたものもあるんですけど」

酒やカタツムリと、高級なアクセサリーでは釣り合わない。せめてもの気持ちを込めて、私は他の料理を出そうかと提案してみた。

「食べる！」

即答である。

ジェラールには少し待ってもらい、村長にもらったお酒と岩塩で味付けした貝の酒蒸しをお皿に盛る。その間、彼は私の様子をじっと観察していた。

「君は、料理人にでもなるつもりなのか？」

ジェラールの言葉に、私は首を傾《かし》げながら答える。

「料理人？　それもいいかもしれませんね。素敵です、料理を作ることを仕事にできるなんて」

以前、ミカエラも、そのようなことを言ってくれていた。お店を開けば良いと――

今のままでは食べ物を売り歩くので精一杯だけれど、お金を貯めていつか小さなお店を持てるといいな。私の寿命が保たないだろうけれど……

生き長らえるための契約か、短命な自由かを選ぶかなら、やっぱり私は後者を選びたい。

「ごちそうさま」

ジェラールは、カタツムリ料理と酒蒸しをあっという間に平らげて立ち上がった。

「なあ、精霊……」

「ミナイです」

「ミナイ。城に戻らなくていいのなら、人間と契約をする気はあるのか？」

「え？」

突然の意外な質問に、私はどう答えていいかわからずに沈黙する。

「な、なぜ、私にそんなことを聞くのですか？」

「君を死なせるのが惜しいと思ったからだ」

そう話すジェラールの表情は真剣なものだった。

「今まで私は、精霊を加護でしか見てこなかった。だが、直接接するうちに、君みたいに狩りや料理が得意な者や、私の契約精霊のように人懐っこい性格の者もいるのだと、それぞれの個性を意識するようになったんだ。私は、いずれ今の精霊契約のあり方を変えたいと願っている……現状では、難しいが」

「どういうことですか？」

「今の精霊と人間との契約のあり方は正しくない、と私は思っている」

「それは、どうして？」

「君は知らないだろうが……精霊は、契約時に主人に命を握られるため、その命令に逆らうことができず、どんな理不尽なことでも従う必要がある。逆らえば命をなくしてしまうのだ。契約後の精霊が自由になる方法は一つだけ、自分より先に主人が死ぬことのみ」

私は、彼の言葉に衝撃を受ける。

「……そんな。……契約って、それほど酷《ひど》いものだったのですか⁉」

「ああ、そうだ。これが何かわかるか？」

ジェラールは、おもむろに懐《ふところ》から紫色の結晶を取り出した。

「これは、契約時に現れる精霊の核だ」

「核……とは？」

「精霊の心臓のようなものだ。それを壊せば、精霊は死ぬ……これを主人に握られている限り、精霊は相手に逆らえないんだ。主人が死に、核を取り返した者だけが自由になれる」

「主人が生きていて、核だけを取り返した場合は？」

「死なずに済む。とはいえ、核を取り返すのは至難の業《わざ》だ。騎士と契約した精霊の核は、その上司である弟――ディミトリが管理しているらしい」

私は絶句した。

(契約すれば、他人に自分の命を握られることになるなんて知らなかった。他の精霊たちは、大丈夫なのかな)

契約しなくてよかったという思いが強くなる。

「あの、なぜ私にそんなことを？　黙っていたほうが人間にはいいのではないですか？」

「シオンが――私の契約精霊が、君を心配している。それに、先ほども伝えたように、私も君を失うのは惜しいと思っているからな。死ぬくらいなら、誰かと契約してもらいたい」

どうやら、『紫の』は、シオンという名前をつけてもらったようだ。

「でも……」

「最悪、契約相手が城の者以外になってもいい……頼む、私の契約精霊を泣かせないでくれ」

そう言った彼の表情は、真摯《しんし》なものだった。

(『紫の』は、彼に大事にしてもらっているんだな)

ジェラールの人となりを知った私は、そんなふうに思えた。

「えっと、あの……心配してくれて、ありがとうございます」

「そう思うのなら、早く人間と契約してくれ。そして、またお前の料理を食べたい」

彼はそう言い残して去っていった。私は、黙ってそれを見送る。

(ジェラールは、私の料理をまた食べたいと言ってくれた)

きっと今食べた料理を気に入ってくれたのに違いない。

食事を通して、警戒していた人間とも、心を通わせることができた。

今日は、彼と話せてよかった。

精霊の契約について知ることができたし、『紫の』が大事にされているらしいこともわかった。

契約について真面目に検討してみようか？

前世では、私が死んで悲しむ人間などいなかった。けれど、今世では少なくとも『紫の』が泣いてくれる。ミカエラや村長だって悲しむに違いない。

ちっぽけな自尊心が傷つくのが怖くて、私は手近にある心地よい環境に逃げていただけなのかもしれない。

(私は、生まれ変わっても臆病者だな)

狩猟小屋のベッドに寝転がり、修繕されたばかりの天井を見上げる。

精霊の契約のことで頭がいっぱいだった私は、知らなかった。小屋の外に、もう一人の人間がいたことに――

五　契約

「すごい話を聞いてしまった……」

闇《やみ》に紛れるように、ミカエラは木陰でうずくまった。

ミナイの狩猟小屋へ行こうとしたところ、見知らぬ男が彼女の住処《すみか》に入っていったので様子を見ていたのだ。危険な相手であればすぐに助けに入ろうと耳をそばだてていると、彼とミナイの話が聞こえてくる。男は、彼女の命について言及していた。

（ミナイが、あと半年の命だなんて……嘘だろう？）

そんな話は聞いていない。彼女は元気に大きな獣を倒し、美味しい料理を作って毎日楽しそうに過ごしている。

（彼女が訳ありなのは気がついていたけれど、このまま、一緒にアマモの森で心穏やかに暮らしていってくれればいいと思っていた）

しばらく考えたあと、ミカエラは先ほどの男を追うことにした。

比較的明るい昼の森を早足で歩く。小鳥たちが戯《たわむ》れながら、頭上を通過していった。

（ホワイ村のほうへ行ったから、きっと村のどこかに宿泊しているはずだ）

数人の村人に話を聞いたミカエラは、とある宿にたどり着き、その扉を開ける。

ミナイの家を訪れた男は、村で一番大きな宿の二階に泊まっていた。話を聞きたい旨を伝えると、あっさりと承諾の返事がくる。

宿屋の入り口へ降りて来たのは、ミナイによく似た紫髪の少女だ。背中に羽根が見えているので多分彼女も精霊なのだろう。長いウエーブの髪が、彼女が動くたびにゆらゆらと揺れた。

「ジェラール様に話があるというのは、あなたね？　どうぞ、部屋に来てちょうだい」

精霊はミカエラの手を引き、軽やかな足取りで階段を駆け上る。

案内された宿屋の部屋の中に、ミナイと会話していた男の姿があった。地味だが金のかかっていそうな上質の服をまとったその男は、紫髪の精霊をねぎらう。

「シオン、ご苦労だったな。疲れたなら先に休んでいていいぞ」

「平気です、ジェラール様。お茶を用意するわね」

紫色の精霊の名前は、シオンというらしかった。二人は仲よさそうに目配せをし合っている。

「さて、私に話があると聞いたのだが？」

「僕はミカエラ、この地で冒険者をしている。友人について、あなたに聞きたいことがあるんだ。さっきミナイの家へ行っていたよね？」

「ミナイ？　あの精霊のことか？　君は彼女の友人なのか？」

「彼女の家を訪ねたら、偶然二人の話が聞こえてしまったんだ。気になる内容だったから、詳しく聞きたい……ミナイにはなんとなく聞きづらいし、あなたに尋ねたほうが詳しくわかりそうだと思って」

ミカエラがそう言うと、茶を運んで来たシオンが目を釣り上げた。

「ちょっと、あなた。いきなり無礼よ！　この方をどなただと……」

「シオン。ここでは、その話を持ち出さなくていい。ミカエラとやら、私はジェラールといって、この国の関係者だ。あの精霊の友人だと言うのなら協力してほしいことがある。彼女の命を救ってやってくれないか？」

「どういうこと？」

首を傾《かし》げるミカエラを見て、シオンが割り込んだ。

「あの子と契約してやってほしいということよ。成人した精霊は、騎士や城の関係者と契約する義務がある。なのに、あの子はそれを放棄したから呪いに蝕《むしば》まれてしまった。半年以内に人間と契約しないと、死んでしまうの」

シオンの話に衝撃を受けてミカエラは金色の目を見開いた。

(やっぱり、寿命の話は本当だった！)

ミカエラが目に見えて動揺すると、ジェラールが補足をする。

「当初の私は、あの精霊を城へ連れ帰って騎士の誰かと契約してもらおうと思っていた。だが、彼女は誰とも契約しないままでいるつもりらしい。以前、城で少し辛い目に遭《あ》わせてしまったから、それを引きずっているのかもしれない。だから、この際相手は問わないことにした。複数の精霊とは契約できないから、すでに契約精霊がいる私では不可能だ。だから、誰かに彼女と契約をしてほしい」

ジェラールは真剣な表情だ。

「なぜ、あなたは、ミナイのためにそこまでするのですか？」

「彼女はシオンの長年の友人なのだ。私は、自分の契約精霊を悲しませたくない」

そう答えるジェラールに、シオンが嬉しそうな顔をして寄り添う。ミカエラはミナイを説得しようと心を決めた。

「あの、ジェラールさん……精霊との契約というものは、どうやってすればいい？　僕だって、友人に死んでもらいたくないという気持ちは一緒だ。あの子の命を救いたい」

「そうか、なら――」

ジェラールが精霊との契約方法を話し始めた。

※

ギーコギーコと、朝からのこぎりの音がアマモの森に鳴り響く。

ジェラールとカタツムリを食べてから一週間。ミカエラやジェラールの意見を参考にした私――ミナイは、自分の食堂を作ることにした。

（命の猶予はあと半年……）

契約をする、しない、どちらを選ぶにせよ、自分の生活を確立させなければならない。そこまで誰かに頼りっぱなしで生きていたくないと思っている。

キッチンの改善や調理器具などにゲギア退治のお金を使ってしまったため、そろそろお金を稼ぐ必要がある。けれど、町へ持っていく食べ物の量には限界があった。

それを村長に相談すると「森の中の店ではお客が来ないだろうが、入り口付近にちょうどいい空き家がある。そこで店を開けばいい」と言われ、食堂を開店する準備をすることになった。

彼は、大喜びで村はずれにあるキッチン完備の空き家を提供し、その裏にある畑も好きにしていいと言ってくれている。

というわけで、私は今、その場所で店作りに励んでいるのだ。

(そんなに大層な店はできないけれど……)

前の世界にあったプレハブや屋台レベルの小さなお店なら、それほど資金がなくてもできると思う。

慣れないノコギリを扱い、大工仕事に精を出す。空き家の修繕をしなければならないのだが、これがなかなか難しい。

目の前には、不格好な形に切られた木の残骸《ざんがい》が積み上がっていった。

(私って、大工仕事のセンスがないんだなあ)

悲しくなりながら、持っていた布切れで汗をぬぐう。重労働で体中が汗だくだ。それでも、何もしないよりは前に進めているだけ気分がいい。

(そうだ。汗をかいたし、休憩がてら温泉へ行こうかな)

アマモの森付近には温泉が湧き出ている場所がある。アドレナを退治した岩場の近くだ。

そこは険《けわ》しい崖を登った先にある穴場らしく、村人は滅多に訪れないという。たまに付近に住む動物たちが、のんびりと温泉に浸《つ》かっているとかいないとか。

高速で森の中を駆け抜け、崖にたどり着いた私は、勢いよく服を脱いで温泉に飛び込んだ。

バシャンと大きな水しぶきが上がる。驚いた先客の小動物たちが、いそいそと温泉から抜け出して住処《すみか》へ帰っていった。

温泉は、ちょうど快適な温度だ。側を川が流れているので、冷たい川の水と熱い温泉が絶妙なバランスで混ざり合っているのだろう。

しばらくすると、私以外の何かが温泉に入ってきた。

(森の動物が戻ってきたのかな?)

私はそちらを振り向くことなく温泉に浸《つ》かり続ける。さっきの小動物たちよりは若干大きいので、また別の生き物なのかもしれない。

しかし、その動物は私の背後で大声を上げた。

「うわぁっ!　人っ!?」

その声に私も驚き、背後を振り返って相手を確認する。けれど、逆光でよく見えなかった。

「しかも女!?　っていうか、お前……なんでこんな場所に!?」

目をこらすと、あたふたと温泉から上がろうとしているのは、私と同い齢《どし》くらいの見覚えのある赤髪の青年だった。破れてボロボロになった衣服が近くに脱ぎ捨ててある。

「え!?」

慌てて温泉から逃げ出す人物を私はまじまじと眺《なが》めた。

「あ、『赤いの』？」

岩陰に身を隠してこちらをうかがっている彼は、『力』の加護を持つ仲間の精霊、『赤いの』だった。

「『水色の』、なんで、お前がここにいるんだ？　城から逃げたとは聞いていたが……」

私は、岩陰に隠れる『赤いの』に服を投げつつ、彼の質問に答えた。

「えっと、この近くの森に住んでいて……それよりも、『赤いの』こそ、どうしてここに？」

『赤いの』はディミトリと契約したはずなので、こんな場所にいるのはおかしい。それによく見ると、彼は傷だらけで今にも倒れてしまいそうだ。

「……お前と同じだ。昨日、城を出た」

「え？　それは、城から脱走して来たということですか⁉」

驚いて温泉から立ち上がった私に向かって、『赤いの』は声を荒らげた。

「馬鹿！　お前、先に服を着ろよ！　俺は何も見ていない……何も見ていない！」

ぶつぶつと何やら唱える『赤いの』を尻目に、私は着替え、ついでに小屋から持ってきた卵と木の実を温泉の温度が高そうな部分に突っ込む。

(何か、あったのかな？　なんだか、放っておけない)

『赤いの』の様子は尋常ではない。

「あの……『赤いの』。よかったら、これから一緒にお昼ご飯を食べませんか？」

「ご飯？」

彼は首を傾《かし》げながら岩陰を出て、こちらを見た。

私は彼に、現在アマモの森に住んでいることや、ホワイ村の人々と交流していることなどをざっくりと説明する。

「もう少し行くと、私の住んでいる小屋があるんです。城を飛び出してきてしまったのなら、お腹が空いていますよね？」

「ああ……まあ」

小さく首を縦に振った『赤いの』は、大人しく私のあとをついてきた。

(彼のためにも、美味しい昼ご飯を作ろう)

キノコや卵、木の実、川魚を集めながら狩猟小屋へ戻る。

「さて、料理しますか！」

塩とスパイスと酒を使い、魚をムニエル風にする。上に香草を載せれば完璧だ。

さっき作ったばかりの温泉卵と、キノコ、町で買ってきた芋をゆでたものを交ぜ合わせ、塩とスパイスをかけてポテトサラダ風にしたものを添える。

木の実は、温泉水で煮たあと、酒とシロップを加えてさらに加熱した。煮詰めれば、デザートの完成だ。

「昼ご飯ができましたよ」

私たちはテーブルに向かい合って座り、早速食事を始める。

飲み物は、森の花を使ったお茶だ。ほとんど癖がなく、ほんのり甘い緑茶のような味がする。

「……いただきます」

『赤いの』は、ナイフで切った魚を恐る恐る口へ運び、すぐさま表情を緩《ゆる》めた。

「おい、しい……久しぶりだな、お前の料理」

彼の目から、ポロポロと涙が溢れ出す。男の人が泣くところを初めて見た私は、大いに動揺した。

「わっ、あ、あの、泣かないでください。お代わりもあるから……」

「違う……気が緩《ゆる》んだだけだから、構うな」

「あ、『赤いの』……？」

「今は、ラースって呼ばれている」

「では、ラース。私のことはミナイと呼んでくださいね。自分で名前をつけてみました」

私とラースはしばしの間、お互いに今までにあったことを話した。彼は契約者とソリが合わず、自分の核を奪って逃げてきてしまったそうだ。

(大胆だな……)

けれど、あんなふうに泣いてしまうくらいだから、相当辛い目に遭《あ》ったのだろう。

三回お代わりしたラースは、さすがにお腹いっぱいになったみたいだった。今度は、小屋の周囲に興味を示し始める。

「なあ、ミナイ。小屋の外にある木の塊の山は何なんだ？」

ラースは狩猟小屋の外に移動させてある、私が切り間違えた板の残骸を指さす。

「ああ、そ、それは……」

私は店を始めることをラースに告げた。

「お前、店をやるのか？　人間みたいなことをするんだな」

「はい、やりたいと思っています……大工仕事でつまずいていますが」

そう。頑張ってはいるのだが、作業は遅々として進んでいない。

「お前、昔からそういった方面のセンスがなかったからな。飯の礼に手伝ってやるよ」

「え？　あ、ありがとうございます」

こうして精霊仲間が、店の開店準備を手伝ってくれることになった。

ラースが加わったことで空き家の修復作業は、驚くほどスムーズに進んだ。屋根や壁の修理はもちろん、外にあった壊れかけのベンチやテーブルまで綺麗になる。私は、彼が以前いた森でも道具を作るのが得意だったことを思い出した。

私はといえば、あらぬ場所に釘を打ち付けること数回。ラースに手出し無用とのお達しを受けてしまう。真面目にやっているつもりなのだが、本当に大工仕事の才能がないみたいだ。

仕方がないので、私は室内の掃除を一生懸命することにした。以前、ミカエラに狩猟小屋を汚部《おべ》屋《や》扱いされたことがあったので、人間から見ても綺麗なように念入りに掃除する。

掃除が終わったあとの空いている時間で、ラースに差し入れするお菓子を作った。

「ラース、差し入れですよ。甘い芋とラギのチーズケーキです」

甘い芋はホワイ村でこの季節に採れる野菜で、村長が家の畑から持ってきてくれたものだ。

「わぁ、うまそうだな！」

ラースは嬉しそうに微笑むと、ケーキを食べるべく休憩に入る。私は、店の外にある木のベンチに腰かけ、修繕済みのテーブルにケーキを並べた。

「うわあ、ふわふわだな」

「はい、今日は柔らかいタイプのチーズケーキにしてみました」

チーズケーキには、様々な種類がある。今作ったのはスフレタイプの一番柔らかいものだが、他に火を通さずに作るレアチーズケーキや、逆にしっかり焼くベイクドチーズケーキなどもあるので、店ができた暁《あかつき》には全ての種類を並べる予定だ。

「あの、ラース……」

熱心にチーズケーキを頬張る彼に、私はそっと問いかける。

「なんだ？」

「もし、行くところがなければ、暫《しばら》くの間一緒に暮らしませんか？」

「……は？」

ラースは薄紅色の瞳をパチパチと瞬《また》かせ、ポカンと口を開けた。

彼の反応はある意味予想通りだ。精霊同士は通常はこんなふうに馴れ合わない。

「わ、私は、森や村で知り合った人たちに助けられて、こうして生きています。だから、もしラースが困っているのなら、今度は私が助ける番だと思うのです」

「うーん……確かに、行くあてはない。お前が飯を作ってくれるのも助かる。でも、さすがに同居はなあ……」

　そう話すラースの顔は、ほんのりと赤いし、目が泳いでいる。

(何か、まずいことを言ってしまったのかな？)

　自分の発言に焦っていると、ラースは苦笑しながら私に言った。

「ありがたい話だけれど、俺は小屋よりも森にいるほうが好きだからな。しばらく、この森に滞在させてもらう。……それから、そういうことを気安く男に言っては駄目だ」

「誰にでも言っているわけではありません。信用できる相手だけです」

「どうだかな」

　話をしながら二人でおやつを食べていると、通りすがりのミカエラが顔を出した。彼はここ数日間、村の外に狩りに行っていて留守だったのだ。

「ミカエラ、お帰りなさい！」

「ただいま、ミナイ。今日は何を作っていたの？　いい匂いだけれど……」

「ケーキですよ。まだ余っているので、お一つどうですか？」

「いただこうかな。食堂の準備も順調に進んでいるみたいだね。これからしばらく仕事の予定がないから、僕にできることがあればなんでも言って？」

　ミカエラの大工仕事の実力は、狩猟小屋の修理で確認済みだ。大変心強い言葉である。

「ありがとうございます」

　礼を言った私は、せっかくなのでミカエラとラースを互いに紹介することにする。

「ミカエラ、こちらは精霊仲間のラースです。ラース、この人は、私がお世話になっている冒険者のミカエラです」

彼らは朗《ほが》らかに挨拶をし合うと、なぜか探《さぐ》るようにお互いを見つめた。

(険悪な雰囲気ではないけれど、どうしたのだろう?)

そう考えたものの、気のせいかもしれないと思い直し、私はケーキを食べながらまったりと会話を始める。

「ところで、ミナイ。体調は大丈夫?」

隣に座っているミカエラが、心配そうに私の顔を覗き込んだ。思いの外《ほか》顔が近く、彼の長い睫毛《まつげ》や整った鼻先が私に触れそうだ。

「た……体調、ですか?」

上ずった声で問い返すと、彼は真面目な顔で頷《うなず》いた。

「祭りの日から、時々咳《せき》をしているでしょう? あまり無理をしてはいけないよ?」

「あ、はい……」

(ミカエラは、契約のことを知らないはずだ。きっと、普通の病気だと思って心配してくれているんだよね)

しかし、それを近くで聞いていたラースが顔色を変えた。

「お前、もしかして……『まだ』なのか?」

「へ?」

「まだ、誰とも契約していないのか⁉」

いつになく深刻な顔をしている彼に気圧《けお》されつつ、私は正直に首を縦に振る。

「はい、そうですけど」

「馬鹿野郎！　悠長に料理作っている場合じゃないだろう！　お前、あと半年で死ぬかもしれないんだぞ⁉」

ラースは私の肩を掴み、ガクガクと揺さぶった。彼の言葉に、なぜかミカエラまでもが、うんうんと頷《うなず》いている。

（どうして、ミカエラまで訳知り顔で頷《うなず》いているの⁉）

私は、じっとミカエラを見つめた。

「その彼が言うことは、もっともだよ。ミナイは自分の命を軽視しすぎだ。精霊の契約のことは、僕も聞いた」

「えっ、誰から⁉」

「君の家に来ていた黒髪の男と、その契約精霊に……」

「ジェラールと『紫の』のところへ行ったの⁉」

「ごめん。立ち聞きする気はなかったのだけれど、君たちの会話を聞いてしまって。居ても立ってもいられず、君の余命や契約のことを詳しく教えてもらった」

なんということだ、私が契約していない脱走精霊だということがミカエラにバレてしまっている。

彼は私のことをどう思っただろうか？

頭を抱えていると、ミカエラが言葉を続けた。

「ねえ、ミナイ。真剣に考えてほしいんだけど……僕と契約する気はない？」

「ミ、ミカエラと？」

「そう。もちろん、契約をするだけであって、この国の騎士のような主従関係を強《し》いるつもりはないよ。ただ、君の延命措置を行うだけ」

私は、戸惑《とまど》いがちに彼の金色の瞳を見つめた。ラースは、静かに成り行きを見守っている。

「ですが……」

精霊の契約は、私たちに一方的に不利だ。人間と契約するには、自分の命とも言える核を相手に預けなければならない。ミカエラのことはいい人だと思うが、本当にそんなことができるのだろうか？

「ああ、もしかして、核のことを心配しているのかな？　それとも僕が騎士じゃないこと？」

考えていた内容を言い当てられた私は、その場で硬直する。

「心配いらない、核はミナイ自身が持っていればいい。城の関係者だというあの男も、僕が君と契約することを許可してくれた。精霊の消滅は、国全体の損失だとか言ってさ」

「王太子がミカエラに許可したの⁉」

確かにジェラールは、もう誰でもいいから契約してほしいと言っていた。

「あの人、王太子だったの。ああ、それで『無礼』だとか言われたんだな」

ミカエラは、私の言葉に一瞬驚く。けれどすぐ私の真正面に来ると、真剣な表情になった。

「……とにかく、僕は君に死んでほしくない。この村の人たちだって、君の友人の精霊だって、皆そう思っているよ」

ミカエラがそう言うと、ラースが無言で深く頷《うなず》く。

「ですが、私に、そんな価値など……」

「それは、君が決めることじゃない。少なくとも僕は、君がいなくなると悲しいよ」

彼の言葉に、私は胸がぎゅっと苦しくなった。思わず顔を逸《そ》らすと、近くにいたラースと目が合う。

「ミナイ、せっかく人間が破格の条件を出してきたんだ。検討する余地はあると思うぜ？　まあ、こいつが本心からそう言っているのかは、俺らには判別がつかないけどな」

遠慮がちに、ラースが私にそう提案した。

ミカエラの本心は言葉通りだと思う。私には、ミカエラが酷《ひど》い嘘をつくような人間とは思えなかった。私は彼の綺麗な瞳を見つめる。

「……少しだけ、考えさせてください。ちゃんと、真面目に考えます」

前世とは違い、今世には、私のことを真剣に考えてくれる人がいる。

私はミカエラとの契約について、真面目に考えることにした。

「わかった。……あ、そうだ。今まで忘れていたけれど、ミナイにお土産《みやげ》を買ってきたよ」

話題を変えたミカエラが、手のひらサイズの小さな瓶を私の前に差し出す。

「これは……？」

中には、親指ほどの大きさの茶色い木の実が入っていた。

「町で売っていた、変わった木の実」

瓶の蓋を開け、私は中の匂いを嗅《か》いでみる。

「こ、これは……この匂いは！　まさしく――みりん！」

「みりん？」

「はい、ええと……美味しい調味料の原料ですね。私は、このような味の木の実を常々ほしいと思っていました」

「喜んでもらえたみたいだね。僕も、嬉しいよ。また、買ってきてあげる」

木の実を受け取る私と、笑顔のミカエラを、ラースがじっと見つめてくる。

「あ、ありがとうございます」

私はちょっと恥ずかしくなってうつむいた。

ミカエラは、ケーキをあっという間に食べてしまい、そのままラースの作業を手伝ってくれた。

「ねえ、契約のこと……本当に、ちゃんと考えてみてね」

そう何度も念を押しながら。

そうして数週間後の朝、空き家が小さな食堂に生まれ変わった。設備の整った最先端の食堂――とはいかないけれど、手作りの温《ぬく》もりを感じられるお店だ。周囲には色とりどりの季節の花が植えられている。

（私、こういう、ほっこりした雰囲気が好きだな）

店の入り口で、私は感嘆のため息を漏らした。

ミカエラとラースのおかげだ。彼らには、感謝してもしきれない。

キッチンや客席を見回し、嬉しさを抑えきれず店の中を歩き回る。店の中にも、可愛らしい花が飾られていた。

そんなことをしていると、ラースが店に顔を出す。

あのあと、彼はアマモの森に住み着いていた。

元人間の私とは違い、純粋な精霊であるラースは家がなくても普通に生活できる。狩猟小屋で一緒に住まないかと言ってみたが、顔を真っ赤にして断られた。

「ミナイ、ついに食堂が完成したな！」

「はい、ラースたちが空き家の修理をしてくれたおかげです。私一人では、もっと時間がかかっていたでしょう。本当にありがとうございます」

「気にするな、毎日三食飯を食わせてくれた礼だ」

「そんなことで……」

「お前は『そんなこと』で片付けるけど、あんな料理は普通じゃ食べられないからな？　それに、城を出て行き場のない俺を気遣ってくれたこと……本当に感謝しているんだ」

ラースと話をしていると、今度はミカエラが店に入って来る。

「ミナイ、保存庫の調整が終わったよ」

彼は、早朝から食べ物の保存庫の調整をしてくれていた。保存庫というのは、前世でいう冷凍庫や冷蔵庫のようなものだ。アマモの森の奥にある洞窟には夏でも溶けない氷があって、それを使っている。

「ミカエラもありがとうございます。本当に、なんとお礼を言ったらいいか」

「あ、気にしないで、食事のお礼だから。でも、そうだね……どうしてもというのなら、僕をこのお店で雇ってくれたら嬉しいな」

「え、ええっ!?」

「この辺りの主な獣は狩り尽くしてしまったし、そろそろ定職に就きたいと思っていたんだよね」

「い、いえ、あの、ですが……おそらく、このお店のお給料は、冒険者の収入とはほど遠く……」

「貯《たくわ》えなら、いっぱいあるから気にしないで。単純に、君と一緒にお店をやってみたいと思ったんだけど……駄目かな？」

駄目なわけがない。ありがたすぎて、申し訳なくなってくるくらいだ。

一人で食堂を切り盛りするのは大変だと私も思っていた。ミカエラなら気心も知れているし信用できる。

「あ、じゃあ、俺も！　俺も働く！」

彼の隣にいたラースまで、なぜか張り合うように従業員に立候補してくる。

「ラ、ラースまで⁉」

私はびっくりして、彼の薄紅色の瞳を見た。

(脱走精霊なのに食堂を手伝ったりして大丈夫なの？　いや、私も脱走精霊だけれど……ラースは契約主である第二王子のもとから逃げてきているわけだし)

しかも精霊は超個人主義で、お互いの付き合いも非常にドライ。それは、友人といえども同様だ。

だから、私はラースがここまで手伝ってくれることが意外でならなかった。

(ラースの気持ちはとても嬉しい。裏方の仕事なら、手伝ってもらっても大丈夫かな)

二人が共に働いてくれるのなら、心強い。

(私も、もっとしっかりしなくては！)

自分で自分を戒《いまし》め、実際に店を開くにあたって立てた計画を確認する。

「オープンは、もっと準備してからのほうがいいですね。まずは、小物類を揃えないと」

というわけで、私はその翌日、開店準備のために一人で隣町へ出かけることにした。ホワイ村では、あまり品物が揃わないのだ。

町は相変わらずとても賑やかで、市場のあちらこちらに様々な店が並んでいる。

（食器と小物類は多めに買っておいたほうがいいよね。ついでに良い食材があれば買って帰ろう）

可愛らしい花柄の陶器のティーカップ、スモモ色のナフキン、持ち手の先に綺麗なストーンのついたスプーン。先が雲の形をしたトングも、ガラスビーズで編まれたコースターも素敵だ。

（とても可愛い……私って、こういう少女趣味の物も好きだったんだな）

改めて自分の好みを認識するという貴重な経験をできたのは、この世界に転生したからだろう。前世では、そんな余裕などなかった。

それに、ホワイ村の親切な人々や食いしん坊の常連さんたちのおかげでもあると思う。彼らが、私を受け入れてくれたから、アマモの森が私の新しい居場所になった。

一通り、小物類を買い終わった私は、アマモの森へ引き返す。持って帰る荷物の中に紙製品が多いのは、食堂のご飯をテイクアウトできるようにするためだ。

夕方になり森に帰ると、店の外でミカエラが待っていた。曙色《あけぼのいろ》の髪が夕日に照らされてきらきらと煌《きら》めき、太陽と同じ色に染まる。

「戻ってきてよかった。町へ出かけていると聞いて……遅いから心配したよ」

そう言って、ミカエラがやや強引に私の手を取る。髪と同じく夕日に照らされたせいか、彼の耳までもがほんの少し赤くなっていた。

私はなぜかドキドキしてくる。急いでミカエラの手の中から自分の手を抜いた。

「そうだ、ミカエラ。これから晩ご飯を作るのですが、食べていきませんか？」

「え、いいの？　もちろん食べたい」

「では、お鍋を運ぶのを手伝ってください」

店の前に薪《まき》を積み上げ、薪《まき》の両側に木で柱を組み、その中央に鉄鍋を引っかける。

今日の晩ご飯のメニューは、寄せ鍋だ。まずは、出汁《だし》の小魚を火にかけて醤油《しょうゆ》風の調味料を混ぜた。沸騰したところに、森野菜とキノコを投入。最後に、ラギ肉とハムラ肉を入れる。

ハムラ肉とは、豚に似た家畜から取れる淡泊な肉で、先ほど町の市場で買ってきたのだ。白い湯気が出て、いい香りが空へ立ち上る。

それを見たミカエラが、しみじみとした様子で言った。

「……ミナイに出会えて本当によかった。命を救ってもらったことはもちろん感謝しているし、それ以上に君はいつも僕に新しい発見をくれるね。狩りに行かなくても、君といると毎日刺激があって面白いんだ。それに、ミナイの料理を食べると幸せな気分になる」

「ミカエラ……」

彼の言葉に応えようと思ったが、思わず言葉を詰まらせてしまった。

ミカエラから告げられた彼の本心は、ひどく私の胸に響く。

「嬉しいです。ありがとう、ございます……」

そう返すことしかできない。こちらを向いたミカエラの笑顔に、私の胸は急速に苦しくなっていった。

（この動悸《どうき》は、なんなのだろう？）

考えても、わからない。そうこうしているうちに、沸騰した鍋から汁がこぼれ出した。

「ああっ！　そろそろ、出来上がりそうですね！」

慌てて火を止めた私は、木製のお椀に鍋の中身をすくい、それをミカエラに差し出す。

「ありがとう、本当にできたて熱々だね」

お椀を受け取った彼の笑顔がまぶしくて、なかなか顔が上げられない。

自分の分も用意し、私は近くにある切り株に腰かける。

今日は屋外での晩ご飯、上空に見え始めた星が綺麗だ。少し冷えた空気の中、温かい鍋を食べると心が満たされる気がした。

ハフハフと冷ましながら、私は具材を口へ運ぶ。

「美味しい。魚のお出汁《だし》が利いていています」

「うん。本当に美味しいね」

「一人で鍋を食べるのは寂しかったので、ミカエラと一緒に食べられてよかったです」

最近はラースに三食食事を作っているのだが、気まぐれな彼は今日のようになかなか顔を見せないことがある。

二人で静かに食事をしていると、村のほうから松明《たいまつ》を持った人たちが二人、小屋に向かって歩いてきた。

先頭にいるのは、なんとホワイ村の村長である。彼の後ろに、ラースが続いている。

(ラース、いつの間にか村長と仲よくなってる!?)

精霊と人間が仲よく並んでいる図は、少し奇妙なものだ。通常、精霊は契約者以外の人間とは関わらない。

（けど、こういうの、いいな……）

こんなふうに精霊と人間が自由に仲よく過ごせたら、とても素敵だろうと思う。

「よい匂いが村まで漂《ただよ》っておったぞ、村人たちが騒いでいたが、正体はこれか！」

そう言って、村長はピシリと鍋を指さした。

食べる気満々だ。

一人増えたくらいで鍋の中身はなくならない。もともと、多めに作ってあったのだ。

私はラースと村長の分のお椀を用意した。待ってましたとばかりに村長が鍋に走り寄る。老人とは思えない俊敏《しゅんびん》さだ。

「おお、恐ろしい夜に家を出た甲斐《かい》があったというものじゃ！」

中身の入ったお椀を持った二人は、近くの切り株にそれぞれ腰かけて美味しそうに鍋の具を頬張っている。

賑やかに食事は進み大量にあった鍋の中身は、すぐに空になった。

「もう、終わりなのか……」

「突然押しかけたわしらが悪いのじゃが、ちと、量が少ないのう……」

物足りなさそうにしている男性陣に向かって、私は大丈夫だと笑いかけた。

「心配いりません。鍋の醍醐味《だいごみ》は、これからですよ！」

ココウという鶏《にわとり》に似た鳥の卵がたくさん入った籠《かご》と、米と似た穀物であるマイの実を蒸したものを店の中からとってくる――最後は雑炊だ。

ラギとハムラの甘味が効いた鍋の中身に、マイの実を投入した。その上から、溶いたココウの卵を流し込む。ひとくち味見してみると、予想以上に美味しい。

そうして出来上がった熱々の雑炊を皆に取り分けると、次々に歓声が上がった。

「ミナイ！　これ、すごく美味しいね！」

「うん、うまいな。これなら、毎日イケる！　店でも出せばいいんじゃねえか？」

「肉もいいが、出汁《だし》が効いたこの料理も捨て難い。そうじゃ！　そろそろ、村の者に回覧板を回さねばならんのう」

村長の言葉に、私は首を傾《かし》げる。

「回覧板？」

「お前さんの店の開店日と料理の情報を記載した紙を回すんじゃ。村の者は店が開店するのを楽しみにしておるんじゃよ」

ホワイ村の人たちは、こっそり私の店を観察し、今か今かと開店を待ち望んでくれているらしい。

「――ありがとうございます、村長」

そうして、瞬《また》く間にホワイ村や近くの町に、私の始める食堂の開店予定日が伝わっていった。恐るべし、村長の口コミパワーである。

皆で鍋を食べた数日後。私とミカエラは、この日も着々と開店準備を進めていた。気まぐれなラースは、森で休憩中だ。

小さな店なので、店の中と外の両方に座席を用意し、多くの人が座れるようにしている。

今日は、どこからか開店の噂を聞きつけたジェラールが、宿泊先から店にやってきた。

彼は外にある座席に座って、店の外を整備する私を見ている。その傍《かたわ》らには、今はシオンと名付けられている『紫の』がいた。

彼らの足元では、森に住むリスに似た獣が落ちている木の実を拾っている。この森には、可愛らしい小動物が数多く暮らしているのだ。

王太子であるジェラールは忙しく、どうやらホワイ村と城を行ったり来たりしているらしい。

「まさか、本当に店を始めるとはな」

「あなたが過去に言った『料理人』という言葉に触発されました。ミカエラも、お店をすればいいと言ってくれていたし。私、自分の作った料理で他の人が笑顔になってくれることが嬉しいんです。自分の居場所が見つけられた気がして」

この森で暮らして、大嫌いだった自分を好きになれた。

「まさか、こんなことになるとはな……まあ、下手《へた》に問題を起こされるよりはいいが。それよりも、契約の話はどうなっている？」

「……ジェラール、ミカエラに契約のことを言いましたね？」

「ああ、君のことで必死になっている彼なら、信用できると思ったからな」

必死にという言葉を聞いて、私の心臓が大きくドクンと脈打った。

(ミカエラは、本当に優しい人だ。他人のために、そこまで親身になれるなんて)

私自身は、彼のために何をしてあげられるのだろう。何かお返しをしたいのだけれど、良い考えが浮かばない。

私が黙り込んだのを別の意味に捉えたのだろうか、ジェラールが言葉を続けた。

「騎士との契約のことなら、心配ない。君の狩りに関する情報は全てデマだったと伝えておいた。だから、誰でもいいので早めに契約相手を見つけてくれ」

彼の言葉に同意するように、シオンが頷《うなず》く。

「そうよ、ミナイ。契約後のことを心配しているのでしょうけれど、私はジェラール様と契約できてよかったと思っているわ。ラースみたいな例もあるけれど……あのミカエラという人なら、きっとあなたを害することはないと思う」

「……そうですね」

ミカエラは大切な友人で、信頼できる相手だ。彼といると、とても心が安らぐ。

けれど、それでも契約する決心はまだつかない。

しばらくして、ジェラールたちは切り株から立ち上がり帰る用意を始めた。

リス似の獣が急に立ち上がった彼らに驚き、森の奥へ逃げていく。

「また来る。食堂の開店を楽しみにしているぞ」

「はい、ありがとうございます。お気をつけて」

「ああ、だが気をつけるのは君のほうだ。くれぐれも、契約せずに死んだりしないように」

何度もそのことを念押しすると、彼らは村の方向に去っていってしまった。

ジェラールは、出会った当初の印象よりさらに、真面目で良い人だ。

(私、いろいろな人に心配かけているんだな)

契約については、私なりに真剣に考えている。考えているのだが——答えはまだ出ていない。

私は契約が恐ろしい。仮にミカエラと契約をして、彼に愛想を尽かされて捨てられてしまうのが怖いのだ。それだったら、最初から一人でいたほうがいい。前世でのように……

誰からも愛されなかった辛い気持ちは、今も私の心の中にしこりとなって残っている。

(でも、こんなふうに心配してもらえるのだから、信じてもいいのかな?)

一人で考え込んでいると、作業が終わったミカエラが店を出てきた。私の顔を見て、ぎょっとしたように金色の目を大きく開ける。

「ミナイ、どうしたの!?　なんで泣いているの？」

「なんでもないです。ちょっと、過去と今の記憶が混同してしまって……」

「どういうこと？」

近づいてきた彼は、そっと手を差し出し、おそるおそる私の髪を撫《な》でた。その手はとても優しい。

「大丈夫です。少し考えていただけですから」

「でも、泣いているのに……？」

そう言うと、ミカエラは戸惑《とまど》いがちに私を抱きしめる。

「ひゃっ⁉」

不意打ちを食らい、私は口をはくはくと動かしながら彼を見つめた。驚いて、涙も引っ込んでしまう。

「あれ、もう大丈夫？　泣きやんじゃった？」

「……え、あ、はい。だ、大丈夫です」

「僕は精霊じゃないけれど、君の力になりたいと思っているよ。不安に思っていることがあるなら吐き出してごらん？　ミナイは、一人でいろいろと抱え込みすぎだ」

まだ私を抱きしめたまま、ミカエラがそう言った。

「どうして？　あなたは私に与えてくれるばかり。なぜ、そこまでしてくれるのですか？　契約のことだってそうです、どうして？」

「それは、君が命の恩人で大事な友人だから……ああ、いや、それだけじゃないな。それだけで済ますには、僕の私情が入りすぎている」

曙色《あけぼのいろ》の髪の隙間からちらりと見えた彼の耳が赤い。私は、なんだか落ち着かない気持ちになった。

「ミカエラ……？」

「あのね、ミナイ。僕は……君が好きなんだ」

「あ、はい。私も、ミカエラが……」

「そうじゃない。異性として、一人の女の子として愛しているんだよ。あの日、ミナイに初めて出会った日、命を救ってくれた君に一目惚《ひとめぼ》れをした。でも君は素っ気なくその場から消えてしまって……町で再会できた時、二度と離れたくないと思ったんだ」

ミカエラは、なおも私を離さない。

「君と一緒に狩りや大工仕事をするのも楽しいし、一緒にご飯を食べられるのが幸せで……気づけば、どんどん想いが強くなっていった。だから君の余命の話を聞いて、心臓が締めつけられるような気持ちになったよ」

彼に抱きしめられたまま、私は混乱し始めた。

(私、ミカエラから愛されているの……？)

私が挙動不審になっているのを感じ取ったのか、ミカエラが慌てて手を離す。

「ご、ごめん……強引に抱きしめちゃって」

「いいえ……そ、その、ありがとうございます。想定外の出来事で、戸惑《とまど》っているだけです。まさか、私を好いてくれる人が現れるなんて、今まで考えたこともなくて……」

私は赤く染まっているであろう顔を隠すために下を向き、おずおずと言った。

「君は、何事にも一生懸命で素敵な女の子だと思うよ」

彼の言葉に、ますます私の頬が熱くなる。好きと言ってもらえたことが、純粋に嬉しかった。

「まあ、これはあくまで僕個人の想いだから、君が気にしなくてもいい。ああ、そうそう。近々、この付近の村や街で収穫祭があるらしいね」

「そ、そうみたいですね。私も村の人から聞きました」

急にミカエラが話題を変える。

不自然さはあるが、彼が話題を変更してくれたことに私は内心で助かったと思った。告白されたのは初めてで、どうすればよいのか咄嗟《とっさ》に判断できなかったのだ。

本当は早く返事をしなければならないとは思うのだが。

(ん……？　でも、話題が変わったわけではないのかな？)

ホワイ村とその近隣の村と町で同時に行われる収穫祭は、豊穣を天に感謝する祭りだ。そして、恋の祭りでもあると村の女の子たちが言っていた。

このイベント中、若者は意中の相手にプレゼントを渡すのだそうだ。そのためホワイ村の女の子たちは、皆浮き足立っている様子だった。

(ミカエラに好意を寄せている子もいたよね。確かに、彼は顔が整っている上に、強くて優しくてお金持ちだもの)

私は、村の女の子とミカエラがプレゼントを渡し合っている場面を想像して、複雑な気持ちになった。

(変だな。ミカエラが他の子にプレゼントを渡すのが嫌だと思うなんて)

そんな自分の心が、とても狭く醜《みにく》く感じられた。

「うん、その祭りなんだけどね。ミナイ、一緒に行動しない？」

「えっ⁉」

ぱちぱちと瞬《まばた》きしながら、私はミカエラを見つめる。

彼は私に笑いかけた。

「駄目、かな？」

「いいえ、とんでもない！　誘ってもらえて嬉しいです！」

ものすごく身を乗り出して、そう答える。

（必死になりすぎで不自然だったかもしれない）

しかしミカエラは、私のおかしな行動を気にしていないみたいで、金色の目を嬉しそうに細める。

「よかった。じゃあ、当日は楽しみにしているね」

彼は私に告白の返事を促《うなが》すことなく宿に帰っていった。


そして約半月後、収穫祭の日がやってきた。

ピンク色の花がたくさん飾られた村の広場には、朝から妙齢の男女が大勢いる。

ホワイ村の人間だけではなく、近隣の村や町からも人が集まってきていた。逆に、この村からよその土地へ遊びに行っている者もいるらしい。

今日の女の子たちは、みんなお化粧をして着飾っていた。

そんな中、私とミカエラは手を繋いでホワイ村の中を歩いている。なんだかんだ言って、この村の中が一番落ち着くのだ。

村の真ん中では大鍋を火にかけてあり、中にはとろとろのラギのチーズをたくさん入れている。

そこに村で採れた野菜を串に刺したものを突っ込んでチーズフォンデュにする予定だ。

これが祭りのメインで、みんなで作った食べ物を食べて喜び、天の恵みに感謝しようという儀式なのだそう。

出される料理は、町や村、年によって違う。今年のチーズフォンデュは、もちろん私が提案した。昨年は、野菜を串に刺して炙《あぶ》ったものだったらしい。

メインで計画したのは私だとはいえ、鍋の管理は交代制だ。準備をかなり手伝った私は、鍋の見張り番を免除されている。村長にも、若者は祭りを楽しむべきだというようなことを言われた。

村には、普段は来ない行商人もたくさん来ていて、様々な珍しいものを売っている。ミカエラと私は、それらの店を見て回った。

そうこうしているうちに、メインのチーズフォンデュを分け合う儀式が始まる。私は、とろとろに伸びる熱々チーズを野菜の串に巻きつけて近くのベンチに座り、ふぅふぅと冷ましながらそれを口に入れた。

「はふっ、おいひいれす……！」

チーズの絡んだホクホク野菜の絶妙な甘さが口いっぱいに広がる。

「本当だね。ミナイ考案の料理のおかげで、今年はホワイ村への来客が多いらしいよ？　この村の成婚率が上がるといいね」

お世話になっている村の役に立てているようで、私は嬉しくなった。それと同時に、この祭りは恋愛が絡むイベントだということを思い出す。隣に座るミカエラを妙に意識してしまい、私はまたドキドキした。

「ミナイ、もうすぐダンスが始まるみたいだよ？　広場へ行こうか」

「は、はい……ですが、私、ダンスなんて踊れないですよ？」

「そんなの、僕だってできないし適当だよ。村人の半分は酔っ払っているから大丈夫」

「確かにそうだけれど……」

ミカエラに手を取られた私は、広場の中央に連れ出される。

地元の人たちによる楽団が音楽を奏《かな》で、その曲に合わせてたくさんの男女のペアが踊り出した。

「右足を出して、左足を揃えてターンして……そう、上手だね」

まるで、ダンス教師のごとく的確な指示を出すミカエラ。なんでもできる器用な彼は、もうダンスをマスターしてしまっている。

おかげで、私は思ったよりも上手に踊れていた。

「うん、そこで僕のほうに来て、くるっと回って？」

「こ、こうですか？」

「そうそう。ミナイ、初めてなのにちゃんと踊れたね」

ミカエラは、よくやったとばかりに私の髪を優しく撫《な》でた。褒められて悪い気はせず、私は知らず知らずのうちに笑顔になる。

楽団の曲が鳴り止み、ダンスが一段落《いちだんらく》した。

「ミナイ、これ……いつものお礼」

そう言って、ミカエラはピンク色のミトンを私に差し出す。大ぶりな花柄の刺繍《ししゅう》がとても可愛い。

「うわぁ、嬉しいです。いつもはミトンの代わりにニクニの葉っぱを代用していましたからね」

ニクニとは、アマモの森に生えている植物だ。その葉は肉厚で、熱を遮《さえぎ》ることができる。そのため、熱々のお皿を持つ時には、それを使っていた。

「気に入ってくれてよかった。それから、これも」

「これは、なんですか？」

小さく平たい瓶の中に、白い物質が入っている。

「ハンドクリームだよ。ミナイは水仕事もするでしょう？」

「はい。ありがとうございます」

ハンドクリームの瓶を開けると、とても良い香りがする。精霊が好む、みずみずしい果実と、すっきりした花の香りだ。

「貸して？　塗ってあげる」

「えっ!?」

そう言うと、彼はハンドクリームを指に取り、私の手にすり込んでいった。ちょっとくすぐったい。それにそわそわして、なんだか落ち着かない気持ちになってくる。

「ミナイ、どうしたの？　顔が赤いけれど……」

「な、なんでもありません」

指摘されて、ますます私は動揺した。

（どうしよう……私、もしかして、ミカエラのことが気になっているの？　それも、異性として……）

私はようやく、自分の気持ちを理解した。

※

祭りが無事終了した数日後。私とミカエラは食堂を開くため、ホワイ村の外れにある畑に狩りにきていた。あの行事を通して、彼との距離がさらに近くなったような気がして、彼といると少し落ち着かない。

「今日のお肉は、メリーヌズという獣ですね？　モコモコの白い毛皮に覆《おお》われた獰猛《どうもう》な獣……でしたっけ？」

自分の気持ちをごまかすように、ミカエラに話しかける。

私は頭の中でメリーヌズのお肉を想像してみた。ラム肉みたいな感じだろうか。モコモコの毛皮は村の女性たちが欲しがっていたので、そちらにあげようと思う。

「そうだよ。メリーヌズはものすごく力が強い獣で、度々現れては畑を荒らし、町外れの民家に突進し塀を壊して人々を困らせている。この時期は繁殖期らしくて、特に気が立っているんだ」

狩りの装備をしているミカエラはいつもよりさらにりりしい。

「楽しみです。美味しそうですね」

「ミナイは、食べることばっかりだね。そこも素敵なんだけれど……」

私の感想を聞いて、ミカエラが楽しそうに笑った。

木の弓を片手に持ち、大きく伸びをして体をほぐす。町外れのこの場所には、だだっ広い畑が広がっており、土の上にポコポコとイモが頭を出していた。その畑の中には、ところどころに大きな足跡が散っている――メリーヌズが現れた印だ。

「どうやら、複数頭いるみたいだね」

ミカエラが、少し厳しい顔をした。大型の獣であるメリーヌズ。そんなのが何頭も現れたら、畑の持ち主もたまったものではないだろう。そんなことを考えていた時だ。

「出たよ、メリーヌズだ！」

私の背後でミカエラが鋭い声を上げた。振り向いた私の前に、巨大な白いモコモコが立ちふさがる。

「ベェエエーッ!!」

「きゃっ！」

そこにいたのは、後ろ足二本で立った巨大なメリーヌズだった。モコモコの獣は、そのまま私に伸《の》しかかり押しつぶそうとしている。

「ミナイ！」

叫んだミカエラのナイフが、メリーヌズの後ろ足を直撃する。

「ンベェーッ!!」

メリーヌズの巨体が、大きな音を立てて地面に崩れ落ち、それと同時に土埃《つちぼこり》が上がった。

「はぁ、びっくりした。ありがとうございます、ミカエラ」

しかし、仲間の悲痛な叫び声を聞きつけたのか、畑にメリーヌズが次々と集まってくる。その数、およそ十頭だ。

「今度は、私が！」

隙を衝《つ》かれないように、高くジャンプして弓を連射する。私の攻撃で、三頭のメリーヌズが地面に倒れた。

矢を受けたメリーヌズは、次々に地面に倒れ落ちる。

最後の一頭をミカエラが倒し、メリーヌズ狩りはあっけなく終了した。新手《あらて》が出てくる気配はない。

危険が去ったとわかると、近くの民家から人が出てきて、巨大なメリーヌズの毛刈りと解体を手伝ってくれた。

「美味しそうなお肉ですね、メニューを考えるのが楽しいです」

「このメリーヌズの毛で、たくさんクッションやひざ掛けを作れそうだね。村の女の人たちに渡して余った分は、お店で使えるかも……」

私とミカエラは、これからの食堂のことを思いながら、それぞれはしゃぐ。

試しに近くの民家の台所を借りてお肉を少し料理させてもらった。町外れに住む人が、メリーヌズ退治のお礼だと快《こころよ》く台所を貸してくれたのだ。

「ええと、まずは岩塩とスパイスで下味をつけて……それから」

畑で採れるキヤヤの根という、生姜《しょうが》に似た植物を切ってメリーヌズの骨つき肉にかける。それを岩板《がんばん》で焼き、持参していた酒と醤油《しょうゆ》似の調味料とハチミツを混ぜ、肉にかけた。

加えて、畑の芋とメリーヌズの煮物も作る。岩塩とスパイスで味付けし、香草で香りをつけた。

（うーん、美味しそう！）

嗅《か》いだことのない匂いに惹かれて人々が、私が料理している家に集まってきている。

「はい、できましたよ！」

私は多めに作った料理を台所を借りた家のテーブルに並べていった。周囲を取り囲む人々から、歓声が上がる。

「味見していいだろうか？」

家主の男性が恐る恐る私に尋ねる。

「もちろんです、どうぞ」

そう答えると、彼はメリーヌズの生姜《しょうが》焼き風を手にとって咀嚼《そしゃく》した。

「ううっ、うまい！　今まで食べたことのない味だ！」

男性の奥さんや、近所の住人たちも次々に料理に手を伸ばす。

「肉に甘みとコクがある！　いい香りだ！」

「美味しいわぁ、こんなに美味しいお肉は初めて！」

料理を食べた人たちは、全員嬉しそうに微笑んでいた。

「もう少ししたら、アマモの森で彼女が食堂を開くので、よかったら来てください」

そう言って営業をかけるミカエラ。彼は、意外と抜け目がない人物である。

残りの肉と毛の一部を持ち帰り、村人に配ったあとで余りを保存庫に放り込む。

お店の開店予定日は、数日後に迫っていた。店の中だけでなく、雨が降っても大丈夫なように外の席の整備もしておく。

ルンゴの葉という、パラソル状の大きな植物を持ってきて、外の席の近くに設置していった。アマモの森では、よく森の動物がルンゴの下で雨宿りをしているのを見かけるのだ。

店の中では、ミカエラがメニュー表作りに苦戦していた。

「固定メニューも決めなきゃいけないよね。それとも、日替わりメニューだけにする？」

「両方にしましょう。ラギ肉とか、比較的手に入りやすいものは固定メニューに。魚や大掛かりな狩りで手に入るものは日替わりのおすすめメニューに」

私は、さっそく彼と一緒に固定メニューの品を考え始める。

「ラギ肉のステーキとロースト、山菜とキノコと香草の炒め物、ラギ肉サンド、お味噌《みそ》味の木の実の汁物、ラギのチーズ、ココウの卵の燻製《くんせい》、ハムラのベーコン……やっぱり定期的に手に入るものになってしまいます。森の野鳥の卵はそんなに取れませんし」

そう言いながら、私は試食のためのラギのローストを作り始めた。ラギ肉に、リブの実と岩塩、スパイス、香草を揉み込み、油を引いた岩板《がんばん》で表面が白くなる程度に焼く。それに調味料を混ぜたものをかけて、小さめの入れ物へ移し、しばらく湯煎《ゆせん》すると完成だ。これならいつでも作れそうだし、作り置きも可能である。

「ミカエラ、味見をしてくれませんか？　痛っ……！」

ナイフで肉を切り分けようとして、私は手を滑らせた。切りつけた指の皮膚からは、ぷっくりと赤い血が膨れ出ている。

「ミナイ、大丈夫!?」

駆け寄って来たミカエラが、慌てて私の手を取ったが、彼はそのまま血を見つめて無言になった。

「あの、ミカエラ？」

「……ねえ、ミナイ。前に、僕が言った契約のことを覚えている？」

「ええ、まあ」

「精霊と人間の契約は、互いの血を介して行うものなんだ。お互いの血を合わせた時、精霊の核が現れると王太子が言っていた……つまり、今僕が自分の手を切って君の血と重ね合わせれば、契約が成立して君は半年後に死なずに済む」

ミカエラの金色の瞳が、まっすぐに私を射抜く。彼は、今契約するかどうかを尋ねているのだ。

「……あれからずっと考えていました。何が自分にとって、そしてあなたや他の友人たちにとって最善なのかを」

「うん。そろそろ、答えを聞かせてくれない？　今も君は時々咳《せき》をしているし、心配なんだ」

私はミカエラを見つめて、しっかりと頷《うなず》いた。

「いつまでも先延ばしにしてはいけないと、思っていました。ミカエラが私と契約すると言ってくれたこと、とても嬉しかったです。身勝手なことですが、私は……」

「うん？」

「私は、まだまだ料理を作りたい。お店を開くという夢も叶いそうだし、ホワイ村に親しい人もたくさんできました。何より、あなたを含め私のために動いてくれた人たちの厚意を無駄にしたくない。……こんな私でも必要としてくれる人たちがいることを知った今、もっと生きたいと思いました」

ミカエラの金色の瞳が揺れる。彼は、静かに私が出す結論を待ってくれていた。

「契約者に捨てられてしまうのではないかと心配でしたが、ミカエラなら信用できます。私のこと、いつも助けれくれて、好きだと言ってくれて本当に嬉しかった……だから」

目の前のミカエラを見つめ、正直な気持ちを口にする。

「私は、あなたと契約がしたいです。ミカエラさえよければ、どうか私と契約をしてください」

何度も迷ったし、考えた。契約をしなければ傷つくことはないと思ったこともあった。けれど、私は今の自分を大事に思ってくれる人たちやミカエラを信じたい。

「本当に……いいの？　あれだけ拒絶していたのに」

「はい。あれから、あなたと一緒に過ごして……ミカエラとなら契約したいと思いました」

「……あ、ありがとう。そう言ってもらえて、嬉しいよ」

そう答えると、ミカエラは照れたように顔を伏せた。曙色《あけぼのいろ》の髪で顔が隠れてしまい、彼の表情が見えない。

右のポケットから手早くナイフを取り出した彼は、迷うことなく左の親指の上でそれを一閃《いっせん》させた。

「ミカエラ、切りすぎですよ!?」

焦る私の腕を捉えたミカエラは、素早く互いの傷口同士を合わせる。それと同時に、カチリと、私の頭の中で何かが外れるような音がした。

「……っ、痛っ!?」

「ミナイ、大丈夫？」

急な頭痛がして、私はその場で倒れそうになる。そんな私を、ミカエラがしっかりと支えた。

「頭が、額《ひたい》が痛い」

「……どっ、どうしよう、ミナイの額《ひたい》が青く光っているんだけど。あ、何か出てきた」

「えっ？」

痛みを耐えていると、何かがカランと音を立てて床に転がった。同時に頭痛が嘘のように消える。

「大丈夫、ミナイ？　すごい汗……」

ミカエラは、私を壁際の長椅子の上に寝かせて、床に転がった何かを持ってきた。

キラキラと光る透き通った水色の宝石だ。

「それは？」

「王太子の話だと、これが君の核だそうだよ。渡しておくから、なくさないようにね？」

あっさりと核を手放したミカエラは、微笑みながら私の髪を撫《な》でる。それが恥ずかしくて、私はオロオロと視線を彷徨《さまよ》わせた。

「ミナイの寿命が延びてよかった。君を失うことが、ずっと怖かったんだ」

「私がグダグダと思い悩んだせいで、心配させてしまってごめんなさい。契約をしてくれて、ありがとうございます」

私たちは、どちらともなく手を握り微笑み合う。ミカエラの手の温《ぬく》もりが私に伝わってきた。

私の中で、彼はすでに特別な存在だ。

「ラギのロースト、冷めないうちにいただこうか……取ってくるから、ミナイはここで寝ていて」

そう言ってミカエラはキッチンに戻った。料理を手際よく皿に並べる。私はゆっくりと上体を起こして、彼が差し出したラギのローストを受け取った。

「ミナイ、起きて大丈夫なの？」

「はい。核が体の外に出たからでしょうか、痛みは綺麗に消えました。咳《せき》も今のところ出ていません」

二人でラギのローストを食べながら、ポツリポツリと会話をする。

「美味しいね。食べやすいし、これは定番のメニューとして出せると思うよ」

「ラギは定期的に手に入るので、何種類かのメニューに組み込みましょう」

食堂のメニューも、いい感じに決まりそうだ。

「ああ、そうだ！」

食事を終えて重大なことを思い出した私は、ミカエラに向き合って言った。

「私と契約したことで、ミカエラは精霊の加護の力を使えるようになりました。とは言っても、たいした加護ではないですが」

「そうなんだ。そういえば、王太子もそんな話をしていたな……」

ミカエラは、加護についてはどうでもよさそうだ。騎士たちは、それが目当てだというのに。

「私の加護は、『料理』です。おそらく、ミカエラは料理が得意になっているかと思います。具体的には、食べられる植物などを見分けられるようになり、大まかな味の予想ができるようになります。あと、料理の手際がよくなります」

「それはとても助かるね。これから、食堂で働くから役に立ちそうだ」

「しょぼい加護ですみません。この加護のせいで契約のなり手がいなかった私は、売れ残りの精霊だったのです。辛《つら》くて城を飛び出した結果、あなたに出会うことができましたので、悪いことばかりではありませんが」

「僕は君と契約できてよかったと思うよ。ミナイは自己評価が低すぎる。僕が君を好きになったのは、ありのままの君や、君の生み出す料理が素敵だと思ったからだ」

ミカエラの肯定の言葉は、まっすぐ私の胸に届き、思わずじわりと涙が浮かんだ。ポロポロと温かい雫を流す私を、彼が優しく抱きしめてなだめてくれる。

（ありがとう、ミカエラ。あなたが好き……）

泣いた時、こんなにも他人に優しく接してもらったのは——この時が初めてだった。

七　食堂開店

いよいよ、食堂をオープンする日がやってきた。

食堂の名前は、『アマモの森のご飯屋さん』――そのままである。

契約をしたせいか、私の体調は万全で妙な咳《せき》が出ることもない。ホール係のミカエラも、皿洗い係をしてくれるラースも、やる気に満ち溢れている。

しかし、そんな食堂のオープン初日はあいにくの雨だった。当然、客足は悪い。

村長だけは、雨の中わざわざ店を訪れてくれていた。

「開店おめでとう、ミナイ。雨が降ったのは残念じゃが、やめば客も増えるじゃろう。それよりも、今日のおすすめメニューは何かの？」

「今日は森魚のアクアパッツア、数量限定です。森の幸のお味噌《みそ》味の汁もおすすめです」

森魚は雨の日しか採れない魚だ。なぜならば、雨の日の水たまりに出現するからである。どういう理屈でそうなっているのかは未だにわからないが、魚自体に毒はないので深く考えないことにしていた。森の幸のお味噌《みそ》汁にも、雨の日にしか採れない藻などの具材を入れてある。

「じゃあ、それにするかのう。たまには、魚もよいものじゃ」

村長は『限定』という響きが気に入ったようだ。私は手早く料理を作っていく。

「荷物、早く届かないかなあ」

村長のもとへ料理を運ぶミカエラが、小さな声でそう呟《つぶや》いた。私はなんのことかわからず首をかしげたが、彼は「あとでのお楽しみ」だと言って詳しくは教えてくれない。

運ばれたおすすめメニューを口にした村長は、顔を輝かせながら黙々と食事をしている。

「うまいのう、毎日通いたいくらいだ。わしゃあ、全メニューを制覇するぞ」

料理に満足してもらえたみたいで、何よりだ。

しばらくすると雨が上がり、客足が伸びてきた。ホワイ村や隣町の人たちだ。いつぞやのミカエラの宣伝が効いたらしい。

この日一番売れたのは、森のキノコをふんだんに入れた、カルビンのハッシュドビーフ風味。

カルビンはアマモの森に住む小型の鹿《しか》で、大イガルゴよりも赤身が多くヘルシーな肉の持ち主だ。料理の中にはラギの乳も入っており、マイルドな味わいにしている。

女性に人気なのは、森野菜の串焼き。森の野菜を串に刺し、パン粉をまぶして串カツ風にしたもので、それに手作りのソースや村で採れる岩塩、リブの実入りの醤油《しょうゆ》風調味料を絡めた料理である。

「はい、おすすめメニューですね。ミナイ、おすすめメニュー二つだよ！」

ミカエラが注文をとってくれた。

「はい、了解です！」

お店中によい匂いが広がっている。忙しいけれど、充実していてとても幸せだ。

「ミナイ、追加でミルベリーのパンケーキ」

「了解です！」

ミルベリーのパンケーキは、この村で採れるコムという木の実をすりつぶした粉を水で溶いたものを、岩板《がんばん》で焼いて作る。その上に、ラギの乳で作ったホイップクリームと、森で採れたミルベリーという木の実を載せて、ハチミツをかければ完成だ。

「ミカエラ、おすすめメニュー二つと、パンケーキ一つできました～」

「ありがと。アマレドとリノンのジュース三つ追加ね」

「り、了解です！」

アマレドはオレンジ、リノンはレモンに似た果実だ。セインガルト国全域で採れる特産品である。

ミカエラのお客さばきは圧巻だった。私は、何をやらせても器用な彼を尊敬している。

しばらくすると、ジェラールとシオンがやってきた。

「あ、『水色の』……じゃなくて、ミナイ！」

私を見つけたシオンが元気よく手を振る。

「こんにちは、シオン。少し距離があるのに来てくれて嬉しいです」

「ここ一週間は城で過ごしていたんだけどね、ミナイのお料理が食べたくなっちゃったの。それはそうとあなた、ミカエラと契約したんですって？」

「なぜ、そのことを？」

「ミカエラからジェラール様に手紙が届いたのよ。その手紙にお店の開店日も書いてあったから来たの」

「いつの間に……」

やはり、ミカエラは宣伝上手だった。私は彼を頼もしく思いながら見つめる。

シオンの横では、ジェラールが真剣な表情でメニュー表を見ていた。

「森魚のアクアパッツアと森の幸の味噌《みそ》味の汁、ラギのローストをいただこうか」

「はい、かしこまりました」

私はキッチンで思う存分腕を振るう。料理を食べた客が笑顔で美味しいと言ってくれることが、私の原動力になる。

洗い場で大量の食器と格闘しているラースの表情も、どこか楽しそうだった。

客足が落ち着いた頃、ジェラールが私とミカエラを呼んだ。彼の手には、小さめの黒い看板が載せられている。

「これは⁉」

看板を見たミカエラが、驚いた様子で口元を押さえた。

「ああ、見ての通り『王室ご用達《ようたし》』の看板だ。明日からは、これをつけて営業するといい」

王室ご用達《ようたし》の看板など、見るのは初めてだ。

この看板のついている店は、客からの信頼度が上がるらしい。

「ジェラール、ありがとうございます」

「よい店だな、また来よう。ミナイ、君がミカエラと契約できてよかった」

そう言って、王太子は優しく微笑んだ。

（ぶっきらぼうなところがあるけれど、ジェラールは本当にいい人だな……）

初めて出会った時は警戒したものの、歩み寄れば彼は驚くほど善良な人間だった。

（過去の私は、他人と深く関わらないことで自分を守っていたけれど、そのせいでたくさんのものを見落としていたのかもしれない）

今なら、素直にそう思うことができる。これも、ミカエラたちのおかげだ。

ジェラールは、また来ると言い残して帰っていった。相変わらず城での仕事が忙しいようだ。

こうして、初日の『アマモの森のご飯屋さん』のメニューは完売した。好調なスタートが切れて嬉しい。

後片付けをしていると、店宛てに大きな紙箱が届いた。

「なんだ、これ？」

皿洗いを終えたラースが、箱をつつきながら首をかしげている。奥から出てきたミカエラが、箱を見て声を弾《はず》ませた。

「やっと届いた！」

彼が開けた紙箱の中には、数種類の衣類が入っている。

「これは、なんですか？」

「この店の制服だよ」

ミカエラが袋から制服を出して見せてくれる。

「こっちが、僕とラースの服」

彼らの服は、黒いシャツに茶色の腰巻きタイプのおしゃれなエプロンだ。黒のバンダナもついている。

「こっちが、ミナイの服。はい、どうぞ」

渡されたのは、汚れが目立たない黒いコックコートだ。エプロンとバンダナはホールのメンバーとお揃いである。

(コックコートを着るのは、初めてだ)

嬉しくなった私は、制服をぎゅっと抱きしめた。

「ミナイ、ちょうどいいから着替えておいでよ」

「はい。着てきます！」

そう言うと、私は軽やかにステップしながら店の奥へ行き、人目につかない場所でゴソゴソと着替える。慣れないので少し時間がかかったが、無事に制服を着ることができた。

「あの、どうでしょうか？」

制服を着た私は、そろりと二人の前に立つ。それを見た彼らが、目を輝かせながら言った。

「可愛い！　やっぱり、僕の見立てにくるいはなかった！」

「そうだな、ものすごく似合うぞ！」

二人に褒められた私は、恥ずかしくなって顔を押さえる。

「……本当に、いろいろと心配になるくらい可愛い」

追い討ちをかけるように、頬を赤く染めたミカエラが私をさらに褒めた。

（そんなことを言われたら、挙動不審になっちゃう！）

私は、ギクシャクした動作で食堂の奥へ戻り、元の服に着替え直すのだった。

制服が届いてから一週間が経過した。王室ご用達《ようたし》の看板を掲《かか》げた『アマモの森のご飯屋さん』は、順調に営業を続けている。

けれど、努力だけではどうにもならないこともあった。

「また雨かよ……天気に左右されるのは困りもんだよな！」

窓の外をにらみつけながら、不機嫌顔のラースが鼻を鳴らした。

「そうですね。もともと降水量の多い土地ではありますが、こう毎日雨だと商売になりませんね」

恨めしげに雨空を見上げた私たちは、揃ってため息をつく。ここ数日、ずっと雨が続いているのだ。

大雨に打たれながらぬかるんだ道を歩き、わざわざ食堂まで通おうとする人は稀《まれ》だろう。

「食堂の周囲の道を舗装すべきかな」

ミカエラが真面目な顔でそう提案する。

それを実現するには、かなり大規模な工事が必要なので現実的ではない。

「なんなら、通路沿いに屋根を作ってやればいいんじゃねえか？」

ラースもラースで大胆な案を出してくる。屋根をつけるのは、ミカエラの提案以上に大掛かりなことになりそうだ。

男性二人がそんな話をしている中、私は自分にできることを考えた。

（よい匂いが村に届けば、食事をしたくなって来てくれる人がいるかもしれない。お金をかけずに集客できるかも）

そう思った私は、さっそく森魚のアクアパッツアと、特別メニュー数量限定のカタツムリのリブの実焼きを作り始める。

雨の降りやまない村に、かすかにリブの実のよい匂いが漂《ただよ》い始めた。

（今日は、匂いが強いものを中心に料理しよう）

作戦の甲斐《かい》あって、しばらくするとお腹を空かせた村人たちが、吸い寄せられるようにお店に集まってきた。料理を作ってくれる相手のいない、独身男性たちが中心だ。

用意していた座席はすぐに満席になってしまい、店の中がにわかに活気づく。

「ミナイ、よかったな。匂いで客を惹きつけるなんて、やるじゃん」

洗い場から顔を覗かせたラースが、私に向けてサムズアップした。

珍しいカタツムリ料理は人気で、すぐに売り切れる。手間をかけた甲斐《かい》があった。テイクアウト用の森魚サンド、ラギ肉サンドも好調な売れ行きだ。

さらに、昨日ラースが狩ってきてくれたカルビンの肉も焼く。

（うん、美味しそう）

ラースは、食器洗いだけでなく、狩りも担当してくれている。おかげでカルビンや、メリーヌズの肉を定期的なメニューとして出せた。

「山菜とメリーヌズの炒め物、完成！」

「カルビンの熱々ステーキ、完成！」

私は、次々に料理を出していく。昼食時にたくさんのお客が来てくれたので、今日は赤字にならずに済みそうだ。

客が途切れ、少し遅れて、私は従業員用の賄《まかな》いメニューを作る。

今日の賄《まかな》いは、ココウの卵を溶いてラギの乳とハチミツを加えた、ふわふわの卵焼きにした。ココウもホワイ村で飼育している。

周囲は静かで、雨音が店の中まで聞こえてきた。

山菜のお味噌《みそ》汁とマイの実のご飯、ハムラの照り焼き風味、森野菜の煮物。これらをお皿とお椀に盛り付けていく。

賄《まかな》いが完成すると、ミカエラとラースがいそいそとやってきた。

「今日の賄《まかな》いもうまそうだな！」

「このふわふわの卵がたまらないよね！」

ミカエラは卵焼きがお気に入りらしい。グラタンや甘い卵焼きが好きな彼は、ちょっと可愛いと思う。

ちなみに今朝の賄《まかな》いは、カルビンのサイコロステーキと、森野菜のスープ、山菜のサラダ、白パン、森の果実のデザートだった。『アマモの森のご飯屋さん』では、ランチとディナー以外に、モーニングもやっているのだ。

「ミナイも一緒に食べよう。今はお客もいないし」

「そうですね」

三人でまったりと昼食をとる、こんな時間も素敵だ。

「これから冬になるにつれて寒くなりますし、そろそろストーブを用意しようと思うのですが」

私の提案に、ミカエラが同意した。

「店の薪《まき》ストーブは、掃除もしたし使えると思うよ。外の席は、冬場は使いにくいかもね。一応近くで篝火《かがりび》を焚《た》いてみようかと思うけれど」

「雪の対策も考えなければなりませんね」

店の周囲には季節の花を植えており、可愛い雰囲気になっているが、冬になればそれも枯れてしまうだろう。

（花と一緒に植えている香草類は、寒さに強いから大丈夫だよね。念のために株分けしておこうかな）

水周りは、水脈を見つけたミカエラが近くにポンプ式の井戸を作ってくれたので、そこから水を引くことが可能になった。ポンプには、可愛い花の彫刻が彫られている。

「冬は食材の確保も難しくなるし、工夫できることはまだまだたくさんありそう」

ふと顔を上げると、ミカエラの金色の瞳と目が合った。自然と頬が熱くなる。このところ、こんなふうに彼と目が合うことが多い。

（ミカエラのことが好きだと、彼に伝えるべき？　でも、タイミングを逃した今となっては、わざ

わざ言い出しにくいなあ）

私は最近、ミカエラとの距離が近いと思い始めていた。今だって、お互いに体がくっつきそうなほど近づいている。

（それとも、気にしているのは私だけで、普通のことなのかな）

前の世界でもこんな経験はなかったし、精霊の森でももちろんない。

悩みすぎて行き詰まってきた私は、思考を切り換える。

「あぁっ、忘れていました！　かまどの火を追加しなきゃ！」

大慌てでパチパチと燃える薪《まき》を追加しながら、私は急速に熱を持つようになった顔をごまかした。


その翌日、私とミカエラは隣町に買い物に出かけた。

「ミナイ、買い込むのはハムラ肉と、ココウ肉、ココウの卵でいいよね？」

「……！　あ、はい。あとは果実酒があれば買い込みたいです」

私のことを好きだと言っておきながら、ミカエラは普通だ。どうしてそんなに平然としていられるのかわからない。私はミカエラを意識してこんなにも動揺しているというのに。

「じゃあ、まずは肉屋だね」

私たちは、肉屋に入った。そこで、ハムラとココウの肉を入手する。

続いては卵屋だ。とはいえ、この町の卵屋は、基本的にココウの卵しか扱っていない。

卵屋の店員は、年配の女性でいつもは店まで宅配してくれているのだが、先日から腰を痛めて配達ができなくなってしまっている。

この日は、代わりに彼女の娘か孫らしい茶髪の若い女性が店番をしていた。

「あらぁ、イケメンねえ」

ショートカットでスラリと背の高い彼女は、私たちが店に入るや否や、堂々とミカエラにすり寄った。自分に自信を持っているタイプで、サバサバした美女だ。

「卵を一ケース分もらえますか？」

私の注文に、彼女は適当に返事を返す。あからさまだな。

「はぁい。ねえねえ、あなたはこのあと暇なの？　私とお茶でもどう？」

積極的な美女の猛攻に、ミカエラが引きつった笑顔で返事をした。

「いいえ、大事な……連れがいますので」

そう言ってミカエラは私のほうを目で示す。

すると、美女は私を見てから呆れたように肩をすくめた。

「連れって……人間じゃないじゃない。あなた精霊よね？　どうして城ではなく、こんなところにいるわけ？」

彼女の「人間じゃない」という言葉が私に突き刺さった。

(そうだよね、今の私は人間じゃない。ジェラールも言っていたお伽話《とぎばなし》では精霊と人間が結ばれていたけれど、本当は難しいよね。身近にそんな人たちはいないし)

精霊は人間のように子供を産むことができないし、そもそも種族が違う。人間同士ですら、文化や価値観が違う者の結婚が困難だというのに。

「まあいいわ。精霊なんだから、多少重い荷物でも一人で持って帰れるわよね？　ねえ、イケメンさん、あなたから『帰れ』って命令してよ。あなたの契約精霊なのでしょう？」

美女は、ミカエラに擦り寄りながら上目遣いでそう告げる。

私は胸の中がモヤモヤした。大変面白くない。

すがるようにミカエラに視線を移すと、彼は今まで見たことのないほど冷たい顔をしていた。いつもとは別人だ。

「お断りします。あなたに付き合う気はない。ミナイは僕の友人で、大切な女性です。彼女を貶《おとし》めるようなことは口にしないでいただきたい」

「おかしなことを言うのね、精霊なんて下僕でしょう？　騎士をしている兄がそう言っていたわ」

彼女の態度から、ミカエラの言葉を心底不思議に思っているのがわかる。ミカエラ自身もそう感じ取ったのか、金色の瞳が冷たさを増した。

「あなたとは、話が合いそうにありませんね。失礼します」

そう告げると、彼は私を庇《かば》うように抱き寄せて店を出る。

まだ買い物の途中だったので、私は慌てた。

「ミ、ミカエラ……卵は？」

「別のところで買おう。こんな場所にいたくない」

しかし、ミカエラを追うように店の中から美女がついてきた。

彼女は、まだ諦めていないらしい。

「ねえ、何を怒っているのよ？　ちょっとくらい相手してよ！」

しつこい美女を、ミカエラはきつくにらみながら言った。

「僕は精霊を邪険に扱う人間が嫌いだ。彼らのことを詳しく知りもしないくせに、どうして精霊を蔑《さげす》むの？　これ以上、僕に関わらないで」

そう告げると、ミカエラは私の手を引いてスタスタと大通りを歩いていく。

残された美女は、呆然とした顔で店の前に突っ立っていた。いつまでも店の前から動かない彼女は、今まで異性から邪険にされたことがなかったのかもしれない。

私はミカエラの行動と言葉に、なんだか救われた気がした。

「ごめんね、ミナイ。嫌な思いをさせたね」

「ミカエラのせいじゃないです。それに、庇《かば》ってくれて嬉しかったです……でも、ココウの卵はどうしましょうか」

嬉しさを押し隠すように、私は今後の予定を確認する。

「それなんだけど、僕に考えがあるんだ。動物を飼うのはどうだろう」

「いいかもしれませんね。あまりたくさんは飼えませんが、狩猟小屋の近くのスペースで飼育できそうです」

そうしてミカエラが向かったのは、家畜を扱う市場だった。そこではラギやココウが生きたまま売られている。

市場の中は、家畜が上げる鳴き声でとても賑やかだ。

近くで家畜を売っている男性に、ミカエラが声をかける。

「あの、すみません。ココウの雌を十羽、ラギを二頭売ってもらえませんか？」

「ああ、まいどあり」

「それから……あれはなんですか」

ミカエラが指さしたのは、前世の牛に似た家畜だ。

「ああ、モウルだ。モウルは、乳も取れるし肉にもなる便利な家畜だよ」

「じゃあ、それも二頭。他に、珍しい家畜は入っていますか？」

「そうだな、ココウと同じく卵の取れるガチスという鳥くらいかな。市場に並ぶ家畜は、その時によってまちまちだから、また来るといいぜ」

「では、そうします。じゃあ、今日はガチスを五羽ください。動物たちをまとめて、ホワイ村まで届けてもらうことはできますか？」

「ああ、大口のお客さんだからな。喜んで届けさせてもらうよ」

「では、ホワイ村にある『アマモの森のご飯屋さん』までお願いします。昼と夜は、確実に店にいますから」

「わかった」

私が見ている横で、どんどん話が進んでいく。ミカエラは、交渉したり値切ったりするのが上手だ。

「よし、ミナイ。次の買い物に行こうか」

「あ、はい」

先ほどとは打って変わってご機嫌なミカエラ。きっとよい買い物ができたのだと思う。

続いて、私たちは酒屋に向かった。

目の前に見えるのは、高く積まれた樽《たる》の山だ。その中には、私の探していた果実酒――つまり、ワインに似たものが入っている。

私は大量に並んだ樽《たる》の前で、小躍《こおど》りしそうになった。

「そのまま飲んでも、料理に使っても美味しそうですね」

「そうだね、僕もこの間誕生日が来たから、この国でいう成人になったたし、少し高めのものを何本か買って帰ろう」

ミカエラの突然のカミングアウトに、私は驚いて声を上げた。

「えっ!?　ミカエラ、いつが誕生日だったのですか？　というか、齢下《としした》!?」

森に住んでいた頃、精霊たちは、それぞれの誕生を祝っていた。とはいえ、精霊たちの誕生日はみんな同じで、年一回の特別な満月の夜なのだが。

「僕の誕生日は、三日前だけど？」

「なっ!?　ど、どうして言ってくれなかったのですか！」

「お店が忙しいから、気を使わせたくなくて」

「帰ったらお祝いをしましょう。ぜひ、させてください！　せっかくミカエラが成人になったのですから」

そうして私たちは、果実酒を十本購入して狩猟小屋に帰る。

ミカエラのために、ふわふわのシフォンケーキを焼いた私は、その上に彼の年齢分のロウソクを灯《とも》した。前世の私の家では、誕生日を祝う習慣なんてなかったけれど、こういう知識はテレビで見ていたので知っている。

小屋の中のランプに明かりをつけた私は、テーブルを挟んでミカエラと二人で向き合った。

「お誕生日おめでとうございます、ミカエラ」

私が祝いの言葉を伝えると、ロウソクの明かりで照らされたミカエラの顔が、わずかに赤く染まる。

「ありがとう、ミナイ」

「それでは、ミカエラの成人を祝って……乾杯」

ワインを入れたグラスを持ち、相手のそれとコツンと合わせた。ミカエラは、慣れた調子でワインを口にする。

成人年齢は国や部族によって異なるので、ミカエラの出身地で彼はすでに成人しているのかもしれない。この国の成人年齢が、今の彼の年齢だというだけで。

それにこの国では十歳以上の者の飲酒は禁じられていないので、これまでも彼はお酒を口にしていた。

「美味しいね」

「はい、美味しいですね」

静かな小屋の中に、薄い明かりがゆらゆらと揺れている。私は今がチャンスだと思った。

「ミカエラ、あの……あなたに伝えておきたいことがあるのですが」

「うん？」

「以前、ミカエラは私を好きだと言ってくれましたよね」

「そうだね。その気持ちは今も変わっていないし、ますます増しているよ」

「……そ、そうですか。それでですね、私も考えてみました。ミカエラのことを自分がどう思っているのかを」

「好きって言ってくれたよね？」

「そうじゃなくて！　ミカエラと同じ意味で好きかということについてです！」

思わず力が入ってしまい、私は慌ててミカエラに謝った。彼はそんな私を見てクスクス笑っている。

（どうして、齢下《としした》のミカエラはそんなに余裕なのだろう？）

前世を足せばかなりの年齢になるというのに、私は彼の態度に翻弄《ほんろう》されてばかりだ。ミカエラは黙って視線で先を促《うなが》してくる。

「私はたぶん、ミカエラのことを友達としてではなく、あなたと同じ意味で好きなんです」

「脈ありってことかな？」

「そ、そうです。私は、そういう意味でミカエラのことが好きなので、あなたの気持ちが変わっていなければ両想いなのです。ただ――」

自分の気持ちを伝えたからには、言わなければならないことがある。私はぐっと体に力を込めてミカエラの金色の瞳を見つめた。

「私は精霊です。見た目は人間と似ていますが、異なる生き物です。だから……」

おそらく、恋人関係になることはできる。

しかし、湖から生まれる精霊は、人間との間に子供を作ることができないだろう。後々のことを考えると、普通の人間の幸せを、私は彼にあげられないのだ。

「ミナイは、相手が人間では嫌なの？　僕は君が精霊だと知った上で、君のことを好きだと告げたんだよ？」

黙り込んだ私を心配したのか、ミカエラが顔を覗き込んでくる。

「そんなことはありません。ですが、私と一緒ではミカエラが辛い思いをするのではないかと」

ボソボソと言い訳する私を遮《さえぎ》り、彼はそっと口を開いた。

「じゃあ、ミナイ。僕とお付き合いしてくれますか？」

「えっ!?」

「種族なんて関係ない、僕は今、目の前にいる君が好きだ。君は、どうなの？」

いつだって、彼の言葉はまっすぐだ。ずるくて臆病な私の逃げ道を簡単に塞いでしまう。

「……私は」

ミカエラは大切な人だ。彼が他の女性に口説かれていれば、不快な思いをする。

それは、きっと彼のことを特別に想っているからだ。

一緒に過ごすうちに、私にとってミカエラはかけがえのない人になっていた。今もこんなに心臓が慌ただしく脈打っている。

私はミカエラに自分の気持ちを告げた。

「私も、今、目の前にいるあなたが好きです。あなたと同じ気持ちで」

恥ずかしさから、ミカエラの金色の瞳を見つめることができない。顔を伏せた私は、代わりに彼の両手をしっかり握りしめた。

オレンジ色の温かい明かりが灯《とも》る静かな部屋の中、ミカエラはやんわりと私の手を握り返す。

「嬉しい。最高の誕生日プレゼントだよ。僕の君への気持ちのほうがよっぽど強いと思うけれどね」

ミカエラは金色の目を細め、手を握ったまま私に顔を近づけてきた。彼の意図がわかった私は、緊張しながら目を瞑《つむ》る。

直後、唇にひんやりしたものが触れた。羽根のように軽いキスだ。

「ありがとう、ミナイ。君と恋人になれて嬉しい」

少し甘さを帯びたミカエラの優しい声が、吐息と共に私に触れる。

「お礼を言うのは私のほうです。こんな私を好きになってくれて、本当にありがとうございます」

静かな小屋の中で、私たちは暫《しばら》くの間黙って抱きしめ合っていた。

八　精霊狩り

前世と今世を合わせても初めての恋人ができた私は、朝からソワソワと店の準備をしていた。

「おはよう、ミナイ」

「早いですね。おはようございます、ミカエラ」

夜が明けたばかりで、まだ外は暗い。村人たちはまだ眠っている。

「ミナイの顔が見たくなって、いつもより早く来ちゃった」

そう言って、隣で作業を始めるミカエラは、にんまりと微笑んで私に目線を合わせた。

（顔が近い！）

どうも彼は、私の反応を楽しんでいる節がある。恋人になったミカエラは、なんだか意地悪だ。

「そろそろ本格的に寒くなってきたし、今日は暖炉に火を入れたらどうかな」

店の中を見回したミカエラが、放置されている暖炉を見ながら提案した。

客がいる時だけは火を燃やして、一人で準備をしている際は何もしないつもりだったのだ。

「そうですね、私は精霊なので雨に濡れても雪に降られても平気ですが、人間のミカエラもいることですし……ひゃわっ!?」

「ミナイの手も冷たくなっているけど？」

ミカエラは私の手を大事そうに覆《おお》い、口元に持っていった。その上でそっと口づける。

「えっ？　ええっ、あ、あのっ⁉」

「攫《さら》ってしまいたいくらい可愛い反応だね、ミナイ。一緒の店で働いているから攫《さら》うも何もないけど……変なお客に目を付けられないように気をつけて」

「ミカエラ、ど、して、こんなことを⁉」

「どうしてだろう。両想いとわかったら、我慢できなくなったからかな？」

どうしよう、ミカエラの考えていることが全然わからない。

お店の準備中だというのに、また妙なドキドキが頭をもたげてくる。

私は慌てながら、恥ずかしさを追いやるように開店準備に集中した。

しばらくすると、もう一人の精霊ラースもやってくる。私は少しほっとした。

「ミナイ、朝の散歩のついでにシシイを狩ってきたぞ。解体してやるからそこで待っていろ」

シシイとは、アマモの森に棲むイノシシに似た生き物だ。肉は低カロリーで栄養も豊富、また脂《あぶら》身《み》も美味しく煮込んで食べられる。本当にアマモの森は、美味しい食べ物の宝庫だ。

「わあ、ありがとうございます！」

ラースはシシイをさばきながら、ちらりとミカエラを見た。ミカエラもラースを見返す。

（……どうしたんだろう？）

二人の間で謎のやりとりが行われているように思える。

「ミナイ。この看板は重いから、僕が運ぶよ。メニューも書き換えておくね」

「はい、ありがとうございます」

「ミナイ、外の客席の篝火《かがりび》は俺がつけてくるな」

「え、あ……ありが――」

「ああそうだ、ミナイ。村の人が君へのお供《そな》えと言って持ってきてくれたクッションやひざ掛けは、店の奥に置いているよ。それから、例のモウルやガチスなんだけど、一週間後に届くらしい」

「あ、はい、あ……」

ミカエラとラースの様子がおかしい……ような気がする。

けれど、考えてもその原因がわからないので、とりあえず仕事に戻り、キッチンに火を熾《おこ》してモーニングのメニューを作り始めることにした。険悪な雰囲気ではないので、大丈夫だろう。

「今日は、シシイの角煮でも作りましょうか」

私は早速、庭に植えていたハーブと自作の調味料を準備する。

作業中にミカエラの手がさりげなく私に触れて、またちょっとだけドキドキしてしまった。

シシイの肉は湯がいて、酒、砂糖、醤油《しょうゆ》風味の調味料と、生姜《しょうが》風味の根で味付けしながら煮る。

(うーん、いい匂い！　今日のおすすめメニューは、シシイの角煮にしよう)

全ての準備を終える頃には、食堂の入り口に、すでに人が並んでいた。こんな朝早くから、ありがたいことだ。

しかし、見慣れない客たちが数名混じっているのが気にかかった。村人や町人風の格好をしているのだが、纏《まと》う雰囲気がどこか彼らとは異なっている。

（あれ？）

そんな客の中に見覚えのある人物を発見した私は、少し困惑した。

（どうして、あの人がこんな場所に？）

それは、城に精霊を連れていった人物――第二王子ディミトリだったのだ。黒髪に赤目という外見はジェラールと同じだが、発している空気は彼とまったく違う。

今は村人風に変装しているが、彼の持つ威圧感は、変装ごときで拭《ぬぐ》いされるものではなかった。

「ラ、ラース！　大変です、隠れてください！」

慌ててキッチンを振り返った私は、彼に契約相手が客として来ていることを告げる。

「げっ！　なんでアイツが？」

青ざめた顔のラースは、素直にキッチンの奥へ引っ込んだ。

開店の時間になり店の扉を開けると、客たちがいそいそと店内に入ってくる。外の席も篝火《かがりび》を焚《た》いて暖かくしているが、やはり風の吹き込まない店内の席が人気だ。

客を座席に案内していると、ディミトリとも目が合う。

こちらを見た彼は、わずかに赤い瞳を揺らしたあとで勢いよく私に掴みかかってきた。

「お前！」

「あ、あの……？」

戸惑《とまど》う私に向けて、彼は力強く命令する。

「お前、俺と契約しろ！　城を脱走したお前は、まだ誰とも契約していないはずだ！」

ディミトリの後ろから、近隣の村人に扮《ふん》していた彼の部下たちも出てくる。

(以前は私に見向きもしなかったというのに、どういう風の吹き回しだろう。ジェラールの言っていた話が関係あるのかな)

優しい王太子は、私の狩りでの活躍をデマだと広めてくれたらしいが、ディミトリはそれを信用していないのだろう。

(どうしよう？　というか、営業妨害だ！　でも、一応この国の第二王子だし、あまり邪険にはできない)

他の客もいるのに、困った事態になった。

(とにかく、落ち着いて、彼には帰ってもらおう)

私は深呼吸をしてディミトリの赤い目を見つめる。

「申し訳ありませんが、私は、すでに他の人と契約をしています」

「馬鹿なことを！　そんな契約は認められない、なら結晶をよこせ！　この国のルールで一人の人間は一人の精霊としか契約できないことになっているが、命令できるのは結晶を持っている人間だからな」

「あなたはすでに他の精霊と契約していたはずですが？」

ディミトリの言っていることは矛盾している。

一人の精霊との契約しか許されていないのであれば、私との契約は認められないだろう。

「それは関係ない。なぜならば、あの精霊は……まあいい、とにかく問題ないのだ」

「結晶は渡せません。私の契約については、王太子のジェラール様より直接許可を得ています」

「兄上が？　くそっ、邪魔しやがって！」

イライラした様子を隠さない彼は、近くにあった椅子を蹴飛ばして倒した。大きな音に、他の客たちが困惑しているのがわかる。

ミカエラが店の奥から出てきて、私を庇《かば》うようにディミトリとの間に立ちふさがった。

「お客様、お席にご案内いたします」

ディミトリはミカエラと目が合った途端、すっと逸《そ》らした。

凄腕《すごうで》冒険者として数々の獣を倒してきたミカエラの眼力はかなり強い。

「結構だ。用ができたので、今日のところは帰る」

部下たちを従えたディミトリは、倒れた椅子を起こすことなくその場を去っていった。

（……よ、よかった、帰ってくれて）

私はのろのろと移動して、倒れた椅子を起こす。足取りのおぼつかない私を、ミカエラが後ろから支えてくれた。

気丈に振る舞ったものの、足がガクガクと震えている。

「ミナイ、大丈夫だよ。何があっても、君は渡さない」

「あ、ありがとうございます。ミカエラ、助かりました。お客さんも来ていますし、仕事に戻りましょう」

キッチンに入ると、奥からラースが申し訳なさそうな表情で出てきた。

「悪い、ミナイ。俺のせいだ。俺が逃げたから……！」

「いいえ、あなたのせいではありません。あんなふうに横柄《おうへい》で一方的な命令しかしてこない人間から逃げたいと思うのは、自然な感情です。私だって、全身が拒否反応を起こしていました」

「お前、言うようになったなあ」

ラースが微笑みながら私の頭をガシガシと撫《な》でた。

「と、とにかく、ラースが責任を感じる必要はないので、今まで通りここで働いてくださいね」

義理堅いところのあるラースだ。今回のことを気にやんで出ていくという可能性に思い至った私は、先回りをしてそう伝えた。

「本当にお前には敵《かな》わないなあ……感謝するよ」

薄紅色の瞳を揺らしたラースは、動揺を隠すようにそそくさと仕事に戻った。

私も料理に戻り、火にかけているスープをかき混ぜる。くるくるとおたまを回しながら、私は少しだけ過去に想いを馳《は》せた。

(精霊の森を出てからいろいろなことがあったな)

売れ残ったり、脱走したり、狩りをしたり……そして、料理を大勢の人たちに振る舞い、この小屋をもらって、食堂を始めた。気の許せる仲間も、恋人もできた。

前世とは違い、私はここでならやっていける。そう思う。

(だからこそ、今のこの生活を脅《おびや》かされたくない)

ディミトリは先ほど帰ると言ったが、何かを考えていたようだった。それが私の心に暗い影を落としていた。

ディミトリが店を訪れた数日後の昼、険《けわ》しい表情のジェラールとシオンが店にやって来た。

今は、ランチの時間が過ぎたあとなので、店内に客はいない。私とミカエラとラースだけだ。

「ミナイ、少し厄介なことが起こった……弟、ディミトリのことなのだが」

私は、夕食のスープを混ぜていたオタマを置いて彼の傍《そば》へ向かう。

「ジェラール。彼が、どうかしたのですか？」

「ああ。何を思ったのか、太古からの約束を無視して精霊の森へ攻め込もうとしているみたいなのだ」

「どうして？」

「自分の契約精霊に逃げられたので、無理にでも、他の精霊との契約を結びたいらしいな。しかも、今度は手段を選ばずに、成人前の複数の精霊との契約を行うつもりのようだ」

私たちの間に、微妙な沈黙が訪れた。

「馬鹿じゃないですか？」

「その通りだ。実は、私たちの父である国王が今、病《やまい》に臥《ふ》せっている。次期王の位を狙っている弟は、私に勝る手柄を挙げたくて躍起《やっき》になっているらしい」

「手柄？」

「ああ。今は一応私が王太子だが、セインガルトは実力主義の国だ。弟は全ての精霊を従え、周辺諸国を制圧したがっている」

それで、突然私たちの故郷——精霊の森に向け進軍を始めたらしい。

これは完全なルール違反だし、精霊側が怒ってしかるべき事案だ。

「森の精霊たちが心配です。私は今から森へ向かいますね！」

私にできることは限られているかもしれない。

けれど、今の自分は支えてくれる人たちのおかげで少しは前向きに物事を考えられるようになった。周囲に助けてもらった分、今度は私が誰かを助けなければ。

近くで話を聞いていたミカエラが、静かに立ち上がる。

「僕も行くよ。君一人を危険な場所へ向かわせるなんてできない」

「ミカエラ……」

店の奥から『臨時休業』の看板を持ったラースも出てきた。

「俺も行く。今回の件、無関係とは言えないし……仲間が心配だ」

私たちは、三人で精霊の森へ向かう。空を飛べないミカエラをラースと二人で抱きかかえ、最短時間で到着できる空路を進む。

ジェラールは他に用事があるらしく、シオンに抱えられたままどこかへ去っていった。

精霊の森に着いたのは、日が暮れた頃だった。

既に騎士たちの喧騒《けんそう》が森の奥まで響いており、周囲にも多くの騎士が押し寄せている。彼らは許可なく精霊の森に踏み入り、荒らし回っていた。

精霊たちの好物である木の実を無断で食し、意味もなく森の獣を殺して回り——血で森の土を汚す。許しがたい暴挙だ。

彼らは、森の中で精霊を見かけると、契約欲しさに問答無用で矢を射かけていた。一人一人の力は人間より上でも数で圧倒され恐慌状態に陥《おちい》った幼い精霊たちは、混乱して森の中を逃げ惑っている。

「許せません。精霊をなんだと思っているのでしょう！」

怒りに打ち震える私の手を、ミカエラが優しく握り込んでくれた。その温かさに私は落ち着きを取り戻す。

「……すみません。こういう時こそ冷静にならなければいけませんね。私は逃げ遅れている精霊たちを救出します。ラースは、森の奥へ逃げるようにみんなを誘導してください」

「ああ、わかった！　ミナイ、気をつけろよ！」

森の入り口に赤い火《ひ》の粉《こ》が上がっている。逃げ回る精霊たちに業《ごう》を煮やしたディミトリが、火を放つように命令したのだろう。

（火が奥まで回る前に、逃げ遅れた精霊たちを助けないと……）

避難先である森の奥には、精霊の泉がある。大きな泉なので、一時的に避難できるだろう。

私は、ミカエラと共に森の中へ飛び込んだ。

森の中を走っていると、すぐに倒れている幼い少年精霊を見つける。騎士に攻撃されたのか、彼の体は傷だらけだ。

「大丈夫？　立てますか？」

私は彼に駆け寄ってその体を起こす。

「あれ、『水色の』……。どうして、この森に？」

「話はあとです。森の奥へ――精霊の泉へ逃げてください。入り組んだ場所なので、騎士が来るまでに時間が稼げます。周囲に川もありますし、あそこまでは火も回らないでしょう」

「わかったよ。あいつら、許せない。精霊の住処《すみか》をめちゃくちゃにして！」

悔しそうにそう吐き捨てて、少年精霊は森の奥へ消えていった。

最初の精霊を助けてしばらく進むと、今度は別の精霊が倒れている。

彼の姿を見て、私は思わず声を上げた。

「ああっ!?」

それは、私と仲のよかった老精霊だった。『火つけ』の加護を持つ彼は、私のよき料理仲間だ。

「『オジジ』、大丈夫ですか!?」

私が駆け寄ると、老精霊はうっすらと目を開けた。命はまだあるようだ。

「おお、『水色の』か……これは、走馬灯かの？」

「ボケている場合じゃありません。森の入り口に火をつけられてしまいました。早く奥の泉へ逃げてください」

『オジジ』は私の後ろに立つミカエラに目をとめる。

「彼は私と契約してくれた人で、精霊の味方です。私たちは逃げ遅れた精霊を回収してきます」

「そうか……わかった」

彼はそう言って飛び立とうとし、地面に落下した。

「駄目じゃ。羽根が折れておる」

精霊の羽根は、一度折れると修復までに時間がかかる。その間は飛ぶことができない。

老精霊は、人間の老人と同じく体の機能が弱っているので、空を飛ぶことなしに森の奥へ逃げるのは至難の業《わざ》だ。

「では、私が抱えていきますね」

「いいや、断る。わしを助けている暇があるのなら、若い精霊たちを助けてやってほしい」

「嫌ですよ、『オジジ』は私の大事な料理仲間ですから！」

無理やりにでも、彼を担《かつ》ごうと決意したその時だった。ミカエラが鋭い声を上げる。

「ミナイ、危ない！」

ミカエラの投げたナイフが何かを撃ち落とす。見ると、それは騎士の放った矢だった。

「……見つかってしまいましたか」

木々の間から現れた二人の騎士が、私たちを見てニヤニヤと嫌な笑いを浮かべている。

「お前たち！　未成年との契約も、契約時期以外の精霊の森への侵入も違反行為じゃぞ！」

私の後ろで『オジジ』が騎士たちに向かって叫んだ。

だが、騎士たちは彼の主張を鼻で嗤《わら》う。

「そんな時代遅れの主張は、もう通用しないぜ、ジーサン？　ディミトリ様は、全ての精霊を城へ連れ出すことを許可された」

「なんと、身勝手な！」

「大人しく連行されろ、精霊ども」

弓を構えた騎士たちが、私たちへ迫ってきた。

「一人たりとも、精霊を連れ出させたりしません！」

私はアマモの森から持ってきた弓を構え、騎士たちと対峙する。

「生意気な精霊だな、契約後はたっぷり可愛がってやるよ」

「残念、私はすでに契約済みですよ！」

言うと同時に矢を放ち、騎士たちの体を背後の木に縫いつける。不意打ちを食らった騎士は、服を縫いとめられて動けなくなった。

しかし、騒ぎを聞きつけた別の騎士が、一人、また一人とやってきて私たちを取り囲む。

どこからか飛んできた矢が、私の腕をかすめた。けれど、ここで退くわけにはいかない。

「あーもう！」

獣みたいに一撃で息を止めてしまえば楽なのだが、下手《へた》に死人を出して精霊の立場が不利になっては困る。

私たちは、騎士たちを殺さないように手加減して戦わなければならなかった。

だというのに、次から次へと騎士が湧いてくる。

(矢が足りなくなってきたな)

ミカエラに守ってもらい、私は地面に落ちている小石を拾って騎士たちへ向き直る。すると、頭上から心強い声が聞こえて来た。

「ミナイ、この辺りの精霊は全員避難させたぞ！」

「ラース！」

「だが、数人連れていかれた奴がいるし火の手も回っている！　早く切り上げて、ここから離れろ！」

「はい！　ラース、すみませんが、『オジジ』をお願いします！」

騎士が放つ矢をかいくぐり、老精霊をラースに預けた私は、ミカエラを抱えて撤退する。

しかし、飛び上がろうとした瞬間、鋭く大きな声が響いた。

「この役立たずどもが！　成人前の精霊相手に何を苦戦している！」

現れたのは、黒髪に赤い目、ガッチリした体型の大男――第二王子のディミトリだ。

彼の後ろには、傷だらけの成人した契約精霊たちがいる。

「お前は!?」

私を見たディミトリは、ニヤリと口角を上げた。

「精霊ども、あの女を捕らえろ。人間は殺してもいい」

青ざめた顔で刃物を握った四人の精霊が、戸惑《とまど》いつつ迫ってくる。きっと、ディミトリに核を握られているのだ。

あのラースが泣いていたわけを、なんとなく理解できてしまった。ディミトリはラースに逃げられたあとも、こうして他の精霊たちにひどい仕打ちをしていたのだろう。

「ミカエラ、逃げて」

「却下。僕は恋人を置いて逃げたりしない」

私もミカエラも弱くはないけれど、複数の精霊相手では分が悪い。

精霊たちが一斉に襲いかかって来るのを、ミカエラが防ぐ。

その隙に、彼らの合間を縫って私は飛び出した。まっすぐに、ディミトリだけを目指す。

持っていた弓の先端部分を彼の額《ひたい》に向かって突き立てた。硬い木の塊が直撃し、ディミトリがうめき声を上げる。

「ガッア……！」

騎士たちのトップに立っている割に、第二王子は強くないようだ。あっさりと私の一撃を受けて、地面に倒れ伏した。

「こ、のっ！　馬鹿にしやがって！　お仲間がどうなってもいいのか!?」

ごそごそと懐《ふところ》から取り出した結晶を掲《かか》げ、ディミトリは赤い瞳でこちらをにらむ。

もはや、なりふりを構っていられない様子だ。

「いいかげんにしてください！　仲間を傷つけないで！」

私は核を握るディミトリに飛びついた。その拍子に、彼の手から精霊の核が転がり落ちる。

「くっ！」

飛びつかれたディミトリが尻餅をつき、彼の懐《ふところ》から残りの核もこぼれ落ちた。

その瞬間、命令されていた精霊が一斉に踵《きびす》を返して自分の核に飛びつく。彼らは、明らかな殺意を目に浮かべてディミトリを見下ろしていた。

「火の手が回っています、あなたたちも森の奥へ避難してください」

私が言っても精霊たちは刃物を握ったまま動かない。その先端は、ディミトリの首に向けられていた。

「こいつを殺したら逃げるさ」

「待ってください！」

「私たちは、今まで第二王子に散々な目に遭《あ》わされてきた。こうでもしないと、やりきれないんだよ！」

私は必死で彼らを止める。

「この人を殺せば、人間と精霊の間に無用な対立を生む恐れがあります」

一般人でも問題になりそうだが、相手はこの国の王族だ。彼を殺したとなると、精霊全体によくない事態が起こるかもしれない。

この場で騎士もろとも殺して証拠を隠滅してしまえば大丈夫かもしれないが、精霊の森で行方不明になったことは明らかだ。やっぱり、精霊の仕業《しわざ》にされてしまうと思う。

「うるさいな、私たちがどんな目に遭《あ》ったか知らないくせに！　人間なんて滅んでしまえばいい！」

精霊たちの一人が、ディミトリに向かって大きく刃物を振り上げた。その瞬間――

「待ちなさーい！」

空から甲高《かんだか》い声が響き、何かが私の目の前に降ってきた。

※

ミナイたちが森へ向かった直後――

ジェラールはシオンに運ばれて城へ戻り、王の寝室へ向かった。自ら提案した新しい法律を父王に認めてもらうためだ。

「精霊解放令……実現すればいいですね、ジェラール様」

「ああ、すでに何人かの大臣は味方につけているし、騎士の中にも、私のように精霊へ愛着が湧き、非情な命令を下せないという者が出てきている。ただ、上官に逆らえず、渋々働かせているというのが現状だ」

これまでも、この法律を通すために度々王のもとへ足を運んでいたジェラールだが、決定的な賛同を得られずにいた。だが、通うごとに手応えを感じている。とはいえ、国のことを一番に考えなければならない王にとって、決断は慎重でなければいけないのだ。

「陛下、ジェラールです。精霊解放令の件でお話に上がりました。それから、ディミトリの件は、お耳に入っておりますでしょうか」

「ああ、聞いている。あの馬鹿も、早まった真似をしたものだ」

寝台に横たわったままの国王は、息子と同じ赤い目をジェラールへ向ける。

「このままでは、近いうちに精霊は全滅してしまうでしょう。それは、この国のためになりません。ですから、この法案を通したいのです」

「ああ、わかっている。だが、その案が通ったとすれば、今までのように精霊を従えることができない。我が国の軍事力は目に見えて低下するだろうし、そこを他の国に狙われないとも限らないぞ？」

「ええ、そうですね。今は精霊を手放すのは得策ではない。ですから、精霊の側からも喜んで契約を申し込んでもらえるような環境を作るべきだ。シオン？」

ジェラールに促《うなが》されたシオンは、おずおずと国王の前へ歩み寄った。

「ああ、お前の契約精霊か……」

「はい、陛下。精霊は人間よりも力が強いとはいえ、臆病な種族です。それに、一人一人に個性があり、得手不得手があります。私は戦いに向かない精霊ですが、王太子殿下のもとで通訳としてお役に立つことができました。今の私は幸せだし、彼にお仕えできてよかったと思っています」

シオンの首元には、袋に入った核がぶらさがっている。王は、目ざとくそれを見つけた。

「お前のような精霊もいるのだな。弱点を握られずとも、自主的に主人に仕える者が」

「はい。精霊は本来、情の深い生き物なので……人間と心が通い合えば、双方にとってよい結果になると思うのです」

王は大きく息を吐いて上体を起こし、鋭い目でジェラールを見た。

「ジェラールよ。これまでのお前の提案資料、全てに目を通させてもらった。私がこの案に反対する理由はない。だが、法律を変えるには、それなりの手順がある」

「それは、わかっております」

「では、この国の法律改定の手順に則《のっと》って、一週間後に開かれる大会議で半数以上の賛同を得るのだ」

大会議とは、重要な法案を通す際に開かれる、この国で一番重んじられている集会のことだ。そこには、セインガルト全ての大臣と議員、総勢百人が集まる。大会議で法案を通すには、このうち半数以上の賛成が要る。

それは、とても困難なことだ。国の上層部には、ディミトリを始め一時的な利益に目がくらみ、精霊への搾取を奨励している者が多い。

そんな中で、ジェラールは密かに賛同者を募《つの》っていたのだ。

王太子として働く彼は、最初から精霊との契約内容に疑問を感じていた。けれど、積極的に動くようになったきっかけはシオンとの出会いである。いつも元気で、一途に契約相手を慕ってくる彼女が、ジェラールの精霊に対する価値観を変えたのだ。

元々精霊を搾取することに反対していた一派を取り込み、王太子は徐々に勢力を拡大させてきた。

「根回しは、すでに完了しています。この大事な時期にディミトリがあのような暴挙に出たのは予想外でしたが……これから、弟の回収に向かいます」

頼もしい息子の言葉を受けた王は、ゆっくりと瞬《まばた》きすると再度髭《ひげ》に覆《おお》われた口を開いた。

「精霊に関しての話だが……私の執務室にある隠し扉の向こうに、精霊と契約した最初の国王が記した資料が置かれている。何かの役に立つかもしれないから、必要であれば持っていくがいい」

「陛下……あ、ありがとうございます」

そんなものをセインガルトの国王が所持していていたことは初耳だが、これはジェラールにとって嬉しい出来事だった。彼は常々、精霊との契約の成り立ちを知りたいと思っていたのである。

感極まるシオンとジェラールに向かって、眠るから出ていけと王は手短かに命じた。

廊下を歩きながら、シオンが笑みをこぼす。

「よかったですね、ジェラール様。問題は大会議ですが……一定数、どちらに寝返るかわからない層がいますからね」

「ああ、彼らを賛成派に導きたい。そのためには精霊たちの協力が不可欠だな。急ぐぞ、シオン」

「はい、ジェラール様！」

ジェラールの眼鏡の奥の赤い目が、シオンを映して柔らかに細められる。

大会議を成功させるためにも、ディミトリの暴走を許すわけにはいかなかった。

※

パチパチと木の燃える音が風に乗って聞こえてくる。この近くに火が迫るのも時間の問題だろう。

そんな中、私の目の前に降ってきたのは、紫色の塊だった。

「あなたたち、その人物に手を出すことは許さないわよ！　腹を立てる気持ちはわかるけれどね。

自分たちのために、やめておいたほうがいい」

　紫色の塊が、ゆっくりと身を起こしながらディミトリの前に立ちはだかった。

「……シオン？」

「ミナイ、ありがとう。騎士がこの場所に集中したおかげで、他の精霊たちのほとんどが避難できたみたいよ」

　シオンの陰から、もう一つの影がうめきながら起き上がる。

「おい、シオン。着地の仕方が荒いぞ」

「ごめんなさい、ジェラール様。もめていたみたいだから、ちょっと焦っちゃって。立てますか？」

　そう、ジェラールまで、一緒にここへやって来たようだ。

「あの、ジェラール？」

「大体状況はわかっている。だが、今は森の外へ避難することが先だ。我が弟が迷惑をかけて、申し訳ない」

　着地した時にシオンがぶつかったのか、ディミトリは気絶してしまっていた。

（もしかして、シオンはワザとあの場に着地した？）

　そんなことを思ったが、私はあえて何も言わずにミカエラに駆け寄った。

　空の上には、ジェラールとシオンが連れてきたのであろう数人の精霊が飛んでいる。彼らは地面に伸びていた騎士とディミトリを持ち上げ、森の外へ飛んでいく。

　ディミトリから解放された精霊たちは、不服そうな顔をしつつも、黙って彼らを見送った。

「ミナイ、ジェラール様からあなたに大事な話があるの。明日、お店で会うことはできるかしら？」

「はい、大丈夫です」

「じゃあ、私たちは事後処理があるからここに残るわね。精霊たちへの謝罪と補償については、別の者を使いに出しているから……」

シオンの後ろでは、ジェラールが残った騎士と他の精霊に指示を出していた。この分だと、あちらは大丈夫だろう。

私はミカエラを抱え上げ、森の奥にある泉へ向かう。ディミトリから自由になった精霊たちもあとをついてきた。核を手にした彼らは、もう城へ戻る気がなさそうだ。

傷を負った私たちは、他の精霊たちに温かく迎えられた。ミカエラは人間だけれど、『オジジ』とラースが説明してくれていたのだろう、敵意を向けられることはない。

「おお、無事じゃったか『水色の』、人間の青年」

「はい。騎士たちの件は、王太子が動いたので解決すると思います。こちらには城から役人が派遣されるそうです」

「それは、わしが対応しよう。しかし、この分では森はほとんど燃えてしまうじゃろう。ここで暮らすのは難しくなりそうじゃ」

「それなら、いい場所を知っています！　今の私の住処《すみか》なんですけど、食べ物も豊富だし、比較的暮らしやすいので、臨時の住まいにはなるかと」

私は、アマモの森を精霊たちにすすめた。

ディミトリから解放された精霊たちは、複雑な面持《おもも》ちで私とミカエラを見ている。そんな彼らに私は言った。

「あなたたちがディミトリを憎む気持ちはわかります。私だって、彼と契約していたら同じことをしていたかもしれない」

私がそういう目に遭《あ》わなかったのは、単に運がよかっただけだ。

「けれど、人間全員が敵だというのは違うと思います……精霊を救うのに協力してくれたミカエラやジェラールも、また人間なのですから」

精霊も人間も、仲よく自由に生きられる日が来てほしいと思う。

彼らが納得してくれたかどうかわからないが、私とミカエラは一晩、精霊たちと森で過ごし、翌日の朝早くに店に戻ることにした。ラースは、まだ燃えているところや残っている騎士がいないかをチェックしてから帰ってくるとのこと。

ミカエラを抱きしめて運んでいると、不意に右腕がズキズキと痛み出す。

(矢がかすったところかな。今気がついたけれど、うっすらと血が出てるみたい)

森にいた時は、それどころじゃなかったが、気が抜けたと同時に痛みを感じるようになった。

右腕を庇《かば》ってミカエラを抱え直すと、それを察知したのか彼が私の腕を掴んでくる。

「ミナイ、もしかして腕、怪我しているの？」

「たいしたことないですよ。私が、うっかりしていたんです」

「放っておくのはよくないよ、毒は塗られていないみたいだけれど……じっとしていて？」

そう言うと、ミカエラは自分の着ていたシャツを破いて私の傷口を縛《しば》る。私に抱えられているのにもかかわらず鮮やかな手際だ。

「僕のほうがしがみつくから、ミナイは右腕使わないで」

「で、ですが……」

「今まで気がつかなくてごめんね。僕のことなら心配しなくていい、これでも力はあるんだ」

そう言って、ミカエラはぎゅっと私を抱きしめた。本当に、力強い。こんな時なのにドキドキする。

ミカエラに抱きしめられた状態で、私はアマモの森の入り口にある店の前へ舞い降りた。

「ミナイ、手当てが先だよ。こっちへ来て！」

「え、ちょっと、ミカエラ⁉」

着地したと同時にミカエラに抱き上げられた私は、そのまま彼の滞在している宿に運ばれた。

ロビーですれ違った宿屋の女将《おかみ》さんが、生温かい笑みを浮かべながら私たちを見送っているのが見える。

連れてこられたミカエラの部屋は、綺麗に整頓《せいとん》されている簡素な場所だった。

「ここに座って」

彼に言われてベッドに腰かけた私は、さらに落ち着かない気持ちになった。

床に置いてあった大きなカバンの中から薬と包帯を取り出したミカエラが、隣に座って私の怪我を手当てし始める。

「やっぱり、大きな切り傷になっていたね」

「大丈夫ですよ。そんなに深くないですから。矢がかすっただけです」

「きちんと消毒して、止血しておかなきゃ駄目だよ。治るものも治らなくなる」

右腕の怪我はもちろん、他の細かい傷まで全て薬を塗ってくれるミカエラ。消毒用の薬がしみて、少し痛い。

丁寧に包帯を巻いた彼は、手当てを終えると労《いた》わるように優しく私を抱きしめた。

「他に大きな怪我はない?」

「ありません。ミカエラこそ、どこも怪我をしていないですか?」

「ああ、僕の怪我はいいよ。たいしたことないし」

「怪我してるんですね!? 今度は、私に薬を塗らせてください」

ミカエラから消毒薬を奪った私は、彼の傷の手当てを開始する。確かに大きな怪我はしていないが、細かな傷がわずかにあった。

「なんだか、ちょっとドキドキしてきたかも……好きな女の子に手当てされるっていいね」

ミカエラの少し骨ばった指が私の頬に伸ばされる。

「ミカエラ……」

「ミナイ、今、君がものすごく愛おしいんだけど」

熱を宿した金色の瞳に見つめられ、私は顔から火が出そうになった。耳からもフシューと湯気が出てきそうである。

「……わ、私も、いつもミカエラが愛おしいですよ？」

そう伝えると、強く抱きしめられた。しかし、同時に彼の動きが明らかに挙動不審になる。

なぜか、頭をブンブン振ったり、小声で「ガマンガマン」と唱えたりしているのだ。

「やっぱり、どこかに大きな怪我をしているのではないですか？」

「ち、違うよ⁉　あのさ、ミナイ、男の部屋でそういうことを言ったら駄目」

「え？　そういうことって、ミカエラが愛おしいと伝えることですか？」

「……だから、そんな可愛いことを言って、襲われても知らないよ？」

彼の言葉の意味を理解した私は、思わずまた熱くなり始めた顔を俯《うつむ》ける。

その後、ミカエラの手当てを終えても、私はずっと恥ずかしくてモジモジしていた。

そうして、しばらくミカエラの部屋にいた私だが、昼には再び店へ戻った。いろいろ放り出したまま精霊の森へ行ってしまったので、後片付けが残っている。

(うーん、右腕がちょっと腫《は》れているな。ミカエラが処置をしてくれなかったら、もっと酷《ひど》くなっていたかもしれない)

冷めてしまったスープを温めなおす。窓の外を見ると、風に吹かれて木の葉が舞っていた。

店内の暖炉に薪《まき》をくべて、外にある篝火《かがりび》も用意する。その後、一人でキッチンに座り簡単な昼食をとっていると、コンコンと店のドアが叩かれた。

(ミカエラかな、それともラース？　シオンも来ると言っていたっけ？)

そっと扉を開けると、そこに立っていたのはジェラールとシオンの二人組だった。

「どうぞ、今日はまだ開店していませんから、入ってください」

ジェラールはさっさと店の中に入り、案内された席に腰かける。シオンは、客のいない店内を興味深そうに飛び回っていた。

「いい匂いがするわ～」

「ああ、ココウの卵スープを温めたんです。昨日作ったものでよければ、食べます？」

「食べる！」

ジェラールも何か言いたげにこちらをチラチラ見ている。私は二人分の昼食を用意することにした。もちろん、残り物なのでお代は取らない。

保存庫にあるポウレット肉とネギ風味のハーブを細かく刻んで焼き、余ったご飯と混ぜて焼き飯にする。ラギ肉のミンチは、ハンバーグにして出した。

「わあ、美味しそう！」

「ありあわせで申し訳ないですが」

「即席で、こんなご飯を作れるなんて、ミナイはすごいわ！」

「ありがとうございます。お茶もどうぞ」

やっぱり昼食を食べたかったらしいジェラールは、黙々とハンバーグを口に運んでいる。ものすごい速度で皿の中身が減っていった。作った甲斐《かい》があるというものだ。

一通り昼食を食べ終えると、ジェラールは私を見つめて言った。

「今日はミナイに頼みたいことがあって来た。精霊と人間の未来に関する重要な話なのだが――」

何を言われるのかと、私は体に力を入れて身構える。

「五日後に開かれる大会議に出席してほしい」

「へ？　大会議って、なんですか？」

「大会議は、国の中で重要な案件を決める際に開かれる話し合いのことだ。国政の重鎮や各地の代表などが集まり、様々なことを決定する」

この世界の人間の仕組みについて、まだまだ知らないことがたくさんあるが、大会議とは、元の世界の国会に近いものなのかもしれない。

「そこで、君に料理を振る舞ってほしい」

「料理？」

突飛な依頼に、私は思わず聞き返した。

そんな私に、ジェラールは今回の大会議の重要性を話してくれる。

現在城で働いている他の精霊たちの待遇について、そして彼らを自由にする精霊解放令について。

それは、精霊と人間が手を取り合って生きていける未来に向かっての第一歩。

私の理想と同じだった。

私はジェラールの話をよく考える。まず、気にかかっていたことを聞いてみた。

「あの、ディミトリは今、どうしているのですか？」

「弟は現在謹慎中で、部屋を出ることが許されていない。今回の勝手な行動は、一部の騎士の暴走として片付けられた。まあ、こちらにもいろいろな事情があるのだ……あと、精霊の多くをディミトリと騎士たちから取り上げた。もっと早くにこうするべきだったと思う」

第二王子を罪人とすることは、難しいのだろう。

少し釈然としない気持ちはあるが、それよりも大会議での提案によって精霊たちの今後の暮らしをよくするほうが重要だ。そう思い、私は黙って頷《うなず》いた。

「わかりました、私にできることなら手伝いましょう」

「ああ、助かる。精霊の加護は、戦いの場や内政の場以外でも活《い》かせるということ、精霊と人間が友好的に手を取り合えることをアピールしたい……ただ、大会議までの時間が迫っている」

「そうですね、急いでメニューを考えましょう」

「頼む。特別なものでなくていいんだ、いつものお前の料理で」

しばらく話し合ったあと、彼らは城に帰っていった。私は一人食堂で今後のメニューについて悩む。

（よし、明日は冬の森に食材を取りに行こう。使える食材があるかもしれない）

ラースはまだアマモの森に戻ってきていない。

（私だけで上手《うま》くできるかな）

今さらながらに、重大なことを引き受けてしまった実感が湧いてくる。

（でも、やらなきゃ！　私の料理が精霊と人間の架け橋になれるのなら、それはとてもやりがいのある仕事だ）

外に目を向けると、雪が降り始めていた。しんしんと降り続け、夜のうちに積もりそうである。

とめどなく空から舞い降りてくる白い雪は、私の心の迷いを全て洗い流してくれるようだった。

翌日。私の予想通り、アマモの森は辺り一面真っ白な雪に覆《おお》われていた。銀世界とは、こういう景色を指すのだと思う。

狩猟小屋の屋根には、きらきら光るつららがたくさんぶら下がっている。幸い、積雪量はそこまで多くないので、歩いて出かけられそうである。

今日は食堂を休みにして、籠《かご》と弓と釣竿を持ち、さっそく雪の日の食材調達へ向かった。

眠ったように静かな森の中を、メリーヌズの毛でできたあったかブーツで雪を踏みしめながら進んでいく。

「あ、ポウレット発見」

少し森の奥に入ったところで、私は本日のお肉を発見した。

ポウレットは、夏は茶色、冬は白に体毛が生え変わる。私は木の弓でポウレットを狩って、さらに森の奥へ足を進めた。

見たことのない銀色の木の実、白いキノコなど、雪の日の森には新しい食材がいっぱいだ。

この森では、冬でも食べ物に困る心配はないのかもしれない。

今度は、方向転換して冬の川へ足を向ける。

この日の川は、一面に薄く氷が張っていた。私は石で氷を割って穴を開け、持ってきた自作の釣り糸を垂らす。糸には、複数の小さな針をつけていた。

こういった釣りは、精霊生活の中で学んだものだ。すぐに竿に手応えがあり、引き揚げると、小さく美味しそうな小魚がたくさん針にかかっている。

私は、二十四ほどの小魚を釣り上げ、籠《かご》へ放り込んだ。今日は大漁だ。

「まだ、お昼までには時間があるし……温泉へ浸《つ》かっていこうかな」

(右腕の怪我が早く治るかもしれない)

私は、崖の近くにある温泉に寄ってから帰ることにした。

崖の上の温泉は凍っておらず、ほくほくと白い湯煙を上げている。

私は、お湯の温度確認をすると、服を脱ぎ捨てて温泉に飛び込んだ。雪の日の温泉は格別だ。先客で、前の世界にいたカピバラ似の小動物が浸《つ》かっている。

私が籠《かご》を温泉のフチに置くと、小動物が、それをじっと見つめた。

(お腹が空いてるのかな?)

私は籠《かご》の中から小魚を三匹取り出し、その場に並べてみる。

それを見たカピバラ似の動物は、温泉から上がると器用に魚を手でつかみ、モシャモシャと食べ始めた。ちょっと和《なご》んだ私は、さらに二匹の魚をそこに置いて立ち上がる。

「そろそろ帰りますか……」

近くにあった水気を吸収する葉っぱで体を拭き、服を着て小屋ではなくお店に戻った。

今日のお昼ご飯は、ポウレットのワイン煮込みと小魚のフライだ。

(ミカエラは来るかな?)

彼と恋人同士になってから、以前にも増して生活が楽しい。

（まだ森から帰ってきていないみたいだけれど、一応ラースの食事も用意しておこう）

調理をしながら私は、大会議で用意する料理についても考えることにした。

カツ、しぐれ煮、丼、ワイン煮込み、シチュー……キリがない。作りたいものがありすぎて困ってしまう。

大会議だから豪華な材料のほうがいいかと思うのだが、ジェラールは、いつも通りの料理がいいと言っていた。

頭を悩ませつつ、小魚とキノコの天ぷらを作る。

ポウレットのお肉は、以前買った果実酒でグツグツ煮込んだ。

（大会議の料理は量が必要になるから、野生のポウレットよりは、手に入りやすいラギやモウルといった家畜の肉がいいかもしれない。ラースが手伝ってくれたとしても、材料調達に限界があるし）

ちょうどそこへ、ミカエラが店にやってきた。

「ミナイ、前に町の市場で頼んだ家畜たちがきたから、ミナイの家に連れていっておくね」

「はい、ありがとうございます！」

ミカエラは、ラギとモウルを紐で繋ぎ、手作りの囲いの中にココウとガチスを放すと、狩猟小屋に向かう。

私が出来上がった料理を盛り付け始めた頃、作業を終えたミカエラが戻ってきた。なんと彼の後ろには、ラースがいる。

「よう、ミナイ！　遅くなってすまない」

「おかえりなさい、ラース。森の様子はどうですか？」

「大丈夫だ。この雪で火はすでに鎮火しているし、騎士たちが森に入り込んでくる気配もない。城から来た使者と『オジジ』の話し合いも終わった。あと、こいつらだけど……アマモの森に引っ越したいと希望している精霊たちを連れてきた。手土産《てみやげ》もあるぞ？」

「手土産《てみやげ》？」

「ああ、森に住むデカイ獣を一匹狩ってきた」

外に出てみると、そこには熊に似た大きな生き物が横たわっている。その周りには、ドヤ顔の精霊たちが五十人ほど並んでいた。

「大イガルゴだね」

ミカエラが感慨深げに言った。

大イガルゴは、私とミカエラが初めて出会った時に彼にもらった獣だ。その肉は、とても美味しい。

「精霊の森で見つけた。珍しくデカイ獲物だろ？」

ラースが自慢する。

「ええ、これだけ大きければ、たくさん肉が取れますね……そうだ！　実は、昨日ジェラールとシオンが来ていたのですが――」

私は、ミカエラと精霊たちに大会議の話をした。

「そうか。その精霊解放令が可決されれば、精霊たちの生活が向上するというのじゃな」

精霊たちの中から『オジジ』が顔を出す。羽根を怪我している彼は、他の精霊に運ばれてきたのだろう。

「はい、今までのような一方的な搾取はなくなると思われます」

「……わしは、間違っておったのかもしれん」

「『オジジ』？」

「わしの契約相手は、誠実な工作員だった。自分が死ぬと同時に、わしを解放してくれたよ。だから、精霊と人間の間にも友情は芽生える――そう思い、精霊と人間の契約という取り決めに今まで口を挟むことはしなかった。じゃが……」

老精霊の眉間には、深いシワが刻まれていた。

「それは、あくまでわしの事情。主人との関係に苦しむ精霊は少なくない。過酷な仕事で命を落とす精霊も……なのに、わしは古くからの慣習を重視し、成人前の精霊に何も言うことなく城へ送り出していたのじゃ」

そう言った老精霊は、苦しげな表情で私を見た。

「その大会議を成功させるためにできることがあれば、わしも手を貸したいと思う。ここにいる精霊たちもきっと同じ考えじゃ」

精霊たちの中には、ディミトリに命令されていた精霊が二人交じっていた。残りの二人は、やはり人間を恨んでいるのだろうか……この場にはいない。

「『オジジ』、皆……ありがとうございます。それで、早速なのですが、大会議に向けてお願いしたいことがあるのです」

私は、大会議で大勢の人に料理を振る舞わなければならないので材料がたくさん必要だということを彼らに話す。

「なるほど、狩りでたくさん獲物を仕留めればよいのじゃな？　そういうことなら精霊の得意分野だ、任せるがよい。精霊の森での礼も兼ね、よい獣を獲ってこよう」

他の精霊たちも、得意げに胸を張って頷《うなず》いた。

「ありがとうございます。そうだ、せっかく大イガルゴを狩ってきてくださったのですから、その肉を食べていきませんか？」

私の提案に、精霊たちから待っていましたとばかりに歓声が上がる。

（もともと、そのつもりだったのかな？）

ラースたちに解体作業を頼み、私は大イガルゴを使っての料理を始める。精霊たちは、解体作業に慣れているので、ものすごく手際がいい。

こちらへ寄ってきたミカエラが、少し困ったような顔で私に話しかけた。

「ミナイ、僕に手伝えることはあるかな？　あちらは精霊のほうが慣れているみたいだからね」

「では、私と一緒に調理を手伝ってください。こちらは人手不足なので」

「調理？」

「ええ。ミカエラには私の『料理』の加護がありますから、大丈夫ですよ。作り方は説明しますし……」

私は、大イガルゴステーキと大イガルゴ肉のワイン煮込みのレシピをミカエラに伝授する。

「なるほど……ステーキなら、僕にもできそうだ。ワイン煮込みは少し難しいけれど、材料と分量さえわかれば作れるかも」

熱心にノートを取りつつ調理していくミカエラは、物覚えがいい。この分だと、大体の料理のレシピはすぐに覚えられるだろう。

私が書き残しているものは適当なので、ミカエラのノートは後々役に立ちそうだった。

「ミカエラは、器用ですね」

「そうでもないよ、裁縫は下手《へた》だし」

「裁縫が苦手とは、意外ですね」

彼なら、あっさりとほつれを直したり、手早くボタンをつけたりしていそうだ。

「ミナイは大工仕事が苦手だよね」

「言わないでください。本当に、あそこまでセンスのない自分が恨めしいです」

クスクスと笑い合いながら、私たちはステーキとワイン煮込み、森野菜のサラダを作って精霊たちに提供した。

小さな店なので座席は少し足りないけれど、精霊は勝手に飛び回り、屋根やその辺の棚に座っているので問題なさそうだ。

通りすがりの村人が、あんぐりと口を開けながら店の前を通り過ぎていった。滅多にいないはずの精霊が集まっているのだ。彼が驚く気持ちもわかる。

大イガルゴの料理は、精霊に大好評だった。たくさんあった料理は、すでに全部精霊たちの胃の中に消えてしまっている。

解体の際に出た毛皮や骨などは、欲しいという精霊にあげた。彼らの中には、革細工の得意な者や武具製作に長《た》けた者がいる。何か作るつもりなのだろう。

料理を食べ終わった精霊たちは、ぱらぱらとアマモの森の奥へと散っていった。精霊の森でたくましく生きていた彼らなので、特に心配はしていない。

（材料調達の依頼はできた。あとは、当日に何が運ばれてくるかだ）

大型の獣は、狙ってすぐに出てくるものではない。当日に何が獲れてるのかは、その時になってみないとわからないのだ。

（調味料や予《あらかじ》め準備できる材料は、多めに用意しておこう）

ジェラールは、ホワイ村の村人にも大会議の話をしていたらしく、その後、村長を始めとした何人かが協力を申し出てくれた。

夜になり、私は小屋の屋根に座って銀色の月を眺《なが》める。精霊が自らの力を強めるために行う月光浴だ。月の光を浴びながら、自分の考えをまとめる。

（このまま、何事もなく大会議が成功すればいいな）

私はそう月に願った。

九　大会議

そうして数日後、いよいよ大会議の日がやって来た。

大量の材料と共に、他の精霊よりも一足早く私とミカエラは城に来ている。

「ミナイ、今日はよろしくね。城のキッチンは、こっちよ。それから、ジェラール様から伝言なのだけれど――」

城に到着した私に、シオンが挨拶をしにきてくれた。ジェラールは忙しく、こちらに顔を出せないらしい。

（頑張らなきゃ。精霊の未来がかかっているし）

お偉いさんたちに出す料理は、周囲と相談した結果、彼らが普段食べているコース料理形式に決めた。

形式はコースだけれど、内容は普段の『アマモの森のご飯屋さん』なんだ。

不安はあるが、今の自分にできる精一杯のことをしようと思う。

「ミナイ！　解体済みのイガルゴの肉を持ってきたぞ！　アマモの森の川で、巨大魚も捕まえた！」

「ありがとうございます、ラース！」

ラースたちが狩った獲物を抱えてキッチンに入ってくる。運よく、大物の獣が手に入ったようだ。

精霊たちの協力もあって、仕事は順調に進む。食器の手配や給仕の手順などは、ミカエラが城で働く使用人たちと話し合ってくれた。

(ミカエラは冒険者なのに城の作法にまで通じているとは!?)

本人曰く、「お偉いさんから、直接獣退治の依頼をされることもあったから」ということであるが、それでもすごいと思ってしまう。

私は安心しながら前菜の準備をした。洗って水を切った森野菜を並べて、スモークしたラギのハムと燻製卵《くんせいたまご》を置く。そこに森の果実を使ったオリジナルのソースをかけてカルパッチョ風の前菜を作った。あともう一品は、森貝を使ったムースだ。

「よし、人数分できましたね？」

会議の参加者で料理を口にする者は百人。

私とミカエラだけでは手が足りず、城の料理人たちの力も借りている。

出来上がった前菜を、使用人たちが次々に会議の会場へ運んでいった。

「精霊の料理って、面白いな！　味見していいかい？」

「こら、つまみ食いばかりしているんじゃねえ！」

一緒に仕事をする城の料理人たちは全員よい人で、楽しそうに調理してくれている。

彼らは、精霊への偏見がないので一緒に仕事をしやすかった。ジェラールの人選に感謝だ。

私は会議会場に意識を向ける。

もう始まっているであろう、大会議の話し合いの行方が気になった。

ホワイ村で採れた野菜のポタージュを作りながら、小さくため息をつく。

「大丈夫だよ、ミナイ。前菜の反応は、上々だってさ」

ミカエラが使用人の一人に様子を聞いてくれたようで、私を励ましてくれる。ひとまず上手《うま》く行っているみたいでホッとした。

ちなみにミカエラは、奥のかまどで焼いているパンを取り出して皿の上に並べている。

使用人たちがスープやパンの皿を運ぶのを確認し、私は続いての料理に取りかかった。

「巨大魚が五匹。百人分作っても余りそうですね」

料理人たちが、チラチラとこちらに目を向けているのに気がつく。

「……？　余った魚、使いますか？」

私の質問に、彼らはブンブンと首を縦に振った。

やはり料理を作る人間として、珍しい材料には興味が湧くのだろう。私は余った食材は、全て城の保存庫へ入れておくことにした。

魚をバター風味の木の実と森のキノコと共に、焼いてムニエル風にする。店の庭に植えていたハーブも大量に使った。

(うん、皮もパリパリでいい感じ)

セインガルトのコース料理では、ここで口直しが入るようだ。さっぱりしたシャーベットなどが多いと事前に教えてもらっていたので、市場で果物をたくさん買って準備した。今日は、リノンというオレンジとレモンの間のような味の果物のシャーベットを出す。

「さて、次はいよいよメインですね」

メイン料理は、イガルゴステーキがふさわしい。

けれど、イガルゴの肉を焼いていると、にわかにキッチンの外が騒がしくなる。

（どうしたのかな？）

疑問に思った瞬間、大きな音を立ててキッチンの扉が開かれた。扉の近くにいた若い男性の料理人が、外に向かって叫ぶ。

「ここは今、関係者以外立ち入り禁止ですよ！　何事ですか!?」

「うるせえ！」

荒々しい怒鳴り声と共に彼はキッチンの中に蹴り飛ばされた。

調理台の一つに男性の体がぶつかり、材料が一部床へこぼれ落ちる。

「なんてことを……！　大丈夫ですか？」

料理人が蹴り飛ばされるのと同時に、鎧を纏《まと》った男たちがキッチンに侵入してきた。

（この人たち、騎士だよね。どうして、こんな場所に？）

大会議を妨害したい誰かの差し金と考えるのが妥当だろう。真っ先に私の頭に浮かんだのはディミトリだが、彼は今謹慎中である。

（第二王子の考えに賛同する部下？　それとも彼を支持している人物？）

次々に疑問が湧いてくるが、今は料理の最中。妨害する騎士たちには、早急にキッチンから出ていってもらわなければならない。

「精霊と一緒に、料理ごっこか？　城の料理人も落ちたものだな！」

吐き捨てるように一人の騎士が言い、それを合図に他の騎士がキッチンの中を荒らして回る。

「やめてください！」

叫ぶ私の声は、当然のように無視された。

調理台の上に載せてあった料理は全て床に払い落とされ、使用予定の材料も踏みつけられている。

「や、やめろよ！」

我慢できなかったのか料理人の一人が騎士に飛びかかった。

「下働きの分際で、騎士に命令するんじゃねえ！」

逆上した若い騎士がその料理人に向けて持っていた剣を振り上げる。

焦った私は、近くにあった火箸で騎士の刃物を受け止めた。キッチンには、包丁もたくさん置かれているが、食べ物を切る道具で人間を切る趣味はない。

「今は料理中です。出ていってください！」

「精霊ごときが、人間様に命令か？」

ニヤリと笑った騎士の男は持っていた剣を一閃《いっせん》させ、別のテーブルに載せられていたメインディッシュ用の皿を全て床に叩き落とした。

※

待ちに待った大会議が始まる。

王の名代として会場の中央に座っているジェラールは、緊張を和《やわ》らげるために大きく息を吸い込んだ。

（どれほどこの日を待ち望んだことか……）

城で一番大きな会議室には、今セインガルトの権力者百人が集まっている。

（精霊解放令を通すには、彼らの半数以上の賛同を得なければならない）

順調に大会議が始まり、重要な議案が一つずつ決まっていく。しかし――

「では最後に、精霊解放令に関してだが。この制度は、現在国のルールに縛《しば》られている精霊を自由にするもので……」

「私は反対だ！」

ジェラールが最後まで話さないうちに、一人の大臣が声を張り上げた。彼は第二王子ディミトリ派の一人である。

出端《でばな》をくじかれたものの、ジェラールは気を取り直して提案内容の説明を始めた。

「――精霊解放令は急ぎ実行しなければならない案の一つだ。なぜなら、今のまま精霊を酷使すれば、いずれ彼らは絶滅してしまう。それは、この国にとって大きな痛手になるだろう」

「王太子殿下の言う通りです。現在の統計でも、生まれてくる精霊より契約中に死ぬ精霊の数が上回っております！　このままいけば、絶滅は時間の問題でしょう」

ジェラールに賛同している大臣の一人が、大きな声で同意した。数人の参加者が相槌《あいづち》を打つ。

「精霊に自由を与えるなど、もっての外《ほか》ですぞ！　あやつらは、契約から逃れた途端に、この国から逃げおおせるでしょう！　そうなれば、この国の力は大幅に低下します」

「だが、現在のやり方を続けていても、いずれ精霊が滅びるなら結果は同じでは？」

「そもそも、契約しないと精霊側も呪いで死んでしまう！　そこのところをどう対応するかは、ご説明いただけますよね？」

様々な意見が飛び交う中、ジェラールは静かに咳払《せきばら》いをし、赤い瞳で会議の参加者たちを見回す。

舌戦《ぜっせん》を繰り広げていた者たちが一斉に口をつぐんだ。

「皆は、初めに精霊と契約した王のことを知っているか？」

ジェラールの問いかけに、再び周囲がざわめく。「いきなりなんの話だ？」、「なぜ大会議の場でお伽話《とぎばなし》を？」などの戸惑《とまど》う声が多い。

「彼は実在する人物だ。王の執務室には、ちゃんと当時の資料が残されている。今回、父の許可を得た上で私が確認した。現在のセインガルト語とは異なる言語で書かれていたため、歴代の王は内容を全て把握していなかったようだが……その中に記されていた事実は現在世間に広まっている精霊の認識とは全く違う」

そう言うと、ジェラールは机の上に一冊の古びた本を置いた。

「これが、その資料だ。特別に持ち出し許可をもらい、この場に置いている。資料によると、『契約しなければ精霊に呪いが降りかかる』というのは正しくないらしい」

「で、ですが！　実際に死んだ精霊は複数います！」

「ああ。だが、それは呪いではない。もともとの、その精霊の寿命が尽きただけのことだったのだ。どうも彼らの持つ核は、成人したあとで体内にあると体によくないものらしい」

一瞬にして、会議の場に動揺の波が広がる。

「我々は契約と呼んでいるが、実際には『核を取り出す儀式』と言ったほうが適切だ。精霊は核を取り出せば、人間と同程度の寿命を持つようになる。真実はそれだけのことらしい」

精霊に関する事実を話すかどうか、ジェラールは迷っていた。情報を教えないほうが人は動かしやすい面がある。

しかし、それよりも精霊に関する誤った認識を払拭したほうがよいと判断した。なぜなら精霊にも全く真実が伝わっていなかったからだ。

今の精霊たちは、自分の寿命や核が体内にあるまま成人を迎えることの危険性を知らない。それは、とても危《あや》ういことである。

「あの大昔のお伽話《とぎばなし》は概《おおむ》ね真実だ。最初に精霊との契約を交わした王は、精霊の娘に懸想《けそう》してその寿命の短さを嘆き契約を結んだ。その頃の精霊は、自分の寿命と核についての知識があったらしい」

王に便乗する形で、一部の騎士や貴族も精霊との契約を結んでいった。この頃は、精霊と人間との関係が友好的だったのだろう。

「ただし、当時の契約形態は、今のものとは大きく違う！　時を経て人間側は、自分たちに都合のよいように精霊を搾取するようになり、精霊は正しい知識を授《さず》けられないまま、成人後に城へと連行されるようになった」

精霊の核は本来、精霊自身で所有していた。しかし、いつの頃からか、契約相手が主人となり核を所有する制度が出来上がってしまったのだ。

「国王陛下はこのことを知っておられるのですか？」

「無論だ。しかし、この資料は長年解読不可能だったので、陛下が事実をお知りになったのは、つい先日のこと……今、私の傍《そば》にいる精霊の力がなければ、おそらくこの事実はずっと闇《やみ》に葬《ほうむ》られたままだっただろう」

ジェラールは傍《かたわ》らの精霊を見やる。彼の契約精霊シオンの加護は『言語』だ。その加護を受ければ、外国語や古代語が自然と頭に入り、読める。

「このように、精霊と人間は手を取り合って協力していけると私は思っている。ただ、精霊解放令だけでは、反対者の懸念が払拭されないことだろう。私自身も、みすみす精霊を他国へやるようなことはしたくない」

会議の出席者たちは、じっとジェラールの言葉に耳を傾けていた。

「そこで、精霊たちが自主的にこちらと契約をしてくれる制度に変えていきたい」

ジェラールの言葉に賛同したのか一人の大臣が立ち上がった。

「それには私も賛成です。今の制度では、精霊が契約相手を選ぶことができません……ですから、望んでいないにもかかわらず、虐待癖のある者や常識のない命令をする人間と契約せざるを得ない状況が発生するのです」

「そうだな、これに関して精霊たちは不満に思っているようだ。特に、今年度はそれを憂《うれ》いて脱走した精霊が二人もいる。我が弟が引き起こした事件も含めると計六人だ。精霊は今回の事件により我々への警戒心を強めている」

ジェラールは大臣に頷《うなず》く。

「このままでは、現行の制度を維持することも難しいかもしれませんな」

「今、この国は分岐点に来ているのだ。どちらに舵をとるか……今日の決定で未来が変わるだろう」

会場内は、再びざわめきに包まれた。ジェラールに同意する意見が多く上がる。

「私は王太子殿下の意見に賛成です。うちの精霊は本当に素直でよい子なんだ……そんな子が虐待されている現状は許せない！」

一人の貴族議員が声高《こわだか》に叫ぶと、つられて数人の議員が立ち上がった。

「私も賛成します！　精霊が自ら契約者を選べるように、今の制度を変更すべきです！」

「その通りだ！　私は特に騎士が精霊を戦わせることに反対しますぞ。精霊の死因のほとんどが、無茶な命令による戦死だというではありませんか！」

口々に叫ぶ彼らをなだめ、ジェラールは場をまとめる。

「私は精霊本来の寿命に関して延命措置が必要だと感じている。彼らの寿命は、そのままでは非常に短い。精霊解放令では、精霊が自由に契約者を選ぶ権利と自由な職業に就く権利を認めた」

「そんなことをしては騎士と契約したがる精霊がいなくなる！」

「そうだ！　戦闘向きの加護がある貴重な精霊は、騎士と契約させなければ！」

反対意見を持つ議員が主張を始めた。ジェラールは素早く視線を上げる。

「それは、我が国が次々に周辺諸国に無茶な戦《いくさ》をしかけているからだ。その割に、結果は芳《かんば》しくない。今は無駄に領土を広げるよりも内政に力を入れる時だと思う。もちろん、防衛は抜かりのない状態にしておくことが大前提だがな」

再び静まった会場内に、ジェラールの声が響く。

「私は、精霊と人間は共に手を取り合って生きていけると確信している。それに、精霊の価値は戦闘に向く加護だけではない！　現に、私が過去の精霊に関する記述を読むことができたのは、『言語』の加護を持つシオンのおかげだ」

ジェラールの意見に、戦闘以外の加護を持つ精霊と契約している貴族議員が激しく同意する。内政担当者は、騎士たちよりも精霊を大事にしている人が多いのだ。

「本日は、この場に集まってもらった全員に、精霊について知ってもらいたいと思う。ここにいるほとんどの者は、自分が契約している者以外の精霊と接する機会がないはずだからな」

ジェラールが発言すると同時に、会場の扉が開けられて綺麗に盛り付けられた料理が現れた。

「こ、これは？」

「これは『料理』の加護を持つ精霊の作った食事だ。精霊の中には、戦闘に関する加護がなくても、優れた技術を持つ者がいる。今日は皆にそれを知ってもらいたい。精霊の個性を尊重し、手を取り合ってお互いに助け合う未来のために」

ちょうど昼時だったので、腹をすかせた参加者たちは黙って料理を食べ始めた。使用人が「ラギハムのカルパッチョと森貝のムースです」と料理の説明をする。

「な、なんと！　美味！」

「これは……このような食べ物があるとは！」

「精霊の料理、侮《あなど》れん」

ミナイの料理は、大臣や議員になかなか好評のようだ。

前菜の次は、スープが運ばれてくる。参加者たちは待ちきれないといった様子で、運ばれるスープの皿に熱い視線を送った。

使用人が「ホワイ村産野菜のポタージュです」と説明し終えるや否や、スープを口にし始める。

「こんなに美味しいスープは初めてですな！」

「いやはや、次の料理も楽しみですぞ」

ギスギスしていた会場の雰囲気が、だんだん穏やかなものに変わり始めた。賛成派も反対派も純粋に料理を楽しんでいる。

しかし、いよいよ次はメインの料理というところで、会場内に入ってきた衛兵の一人がジェラールに駆け寄り耳打ちした。

「なんだと!?」

ジェラールは動揺を周囲に悟《さと》られないように、小声で対応する。

衛兵の話では、ミナイたちが料理を作っている城のキッチンに、弟の部下が乱入したということだった。

「ミナイたちは無事なのか？」

「はい。しかし、少々厄介なことになりまして……」

衛兵は困ったように視線を落とした。

※

騎士たちを追い出すべく、私――ミナイは、料理人たちを庇《かば》いながら火箸を振り回した。

少々荒っぽいが、このままではキッチンが破壊され料理どころではなくなってしまう。騎士が刃物を取り出した今、城の衛兵が来てくれるのを待っている時間も余裕もない。

私の隣では、ミカエラが応戦してくれていた。

（ミカエラ、素手なのにやたら強い！）

彼の戦闘能力は、精霊と並ぶほどだ。

乱入してきた騎士たちのほとんどは、あっという間に私とミカエラに伸《の》された。

「くそっ、舐めやがって！」

それを見て頭に血が上った騎士の一人が、壁際に避難している料理人たちに無差別に切りかかった。

「危ない!!」

とっさに体が動いた私は、彼らの前に身を投げ出す。

騎士の振り下ろした剣が私の右腕をざっくり斬り裂いた。

「うっ……！」

「ミナイ!?」

ミカエラの金色の目が大きく見開かれている。私の右腕からは、真っ赤な血が大量に噴き出していた。

着ていたコックコートにそれが滲《にじ》み、黒々とした大きな染みを作っていく。布が吸いきれなかった血が、ぼとぼととキッチンの床にこぼれ落ちた。

「大丈夫、です……」

とはいえ、痛いものは痛い。

（しかも、前に怪我した箇所を斬られたから、余計に痛い……）

私はどうにか自由の利く左手で落ちていたフライパンを拾い、背後から襲おうとしていた騎士の顔面に叩きつける。ゴーンと小気味よい音がした。

残りの騎士は、ミカエラが全員拳《こぶし》で沈めてくれたようだ。床に倒れている彼らはピクリとも動かない。

「ミナイ、本当に大丈夫!?　血が！」

「ええ……平気です。他に怪我をした人はいませんね？」

「うん、いないよ。ミナイのおかげだ。誰か、王太子にこのことを知らせて。あと、彼女の手当てを……」

ミカエラの言葉に頷《うなず》いた料理人たちは、テキパキと動き出す。

すぐに衛兵が駆けつけ、倒れた騎士たちを回収していった。私のもとには、城に勤務している医者が派遣される。

「こんな無茶を……」

ミカエラが心配そうな顔をする。キッチンで止血と手当てをしてくれた医者も戸惑《とまど》った目で私を見た。

「この様子では、右腕を使うことは難しいでしょう。かなり深く斬られている上に、骨も一部やられている。全治一ヶ月の怪我です」

「え？」

彼の言葉の意味がわからない。私の頭が、その内容を拒否する。

（右腕、使えないの？　これから料理を作らなければならないのに？　こんな大事な時に……）

目の前が真っ白になる。

「ミナイ、気をしっかり持って！」

そんな私を現実世界に呼び戻したのは、ミカエラの声だった。

（そうだよね、しっかりしなきゃ……！）

けれど、右腕には包帯が幾重《いくえ》にも巻かれ、少しでも力を入れると傷口に激痛が走る。

こんな調子では包丁が握れないし、鍋やフライパンも持つこともできない。

今の私は、また役立たずに成り下がってしまった。この右手では、料理を作れない……

（なんとか、左手で料理ができないかな）

しかし、片腕で――しかも利き腕ではないほうで料理を作るのは至難の業《わざ》だ。

いつものような、きちんとした内容のものは作れない。

「ごめん、なさい……私……私の、せいで」

ジェラールの大切な大会議を台なしにしてしまう。

床に崩れ落ちそうになる私を、ミカエラが抱きとめてくれた。

「大丈夫だよ、ミナイ。僕がいるから」

包帯を巻いている私の腕を撫《な》でながら、彼は絞り出すような声で言った。

「僕が、君の料理を完成させてみせる」

決意に満ちた金色の瞳が強い光を浮かべている。

「ですが、あなたはまだ、本格的な料理を作ったことがないのに」

「できるよ、僕には君の『料理』の加護があるもの。それに、この場には僕と違ってプロの料理人が大勢いるでしょう？　全員で力を合わせれば、きっと大丈夫」

周りを見渡すと、料理人たちが力強く頷《うなず》いている。

「任せてください。我々は人間の中で選ばれた料理のプロです！　あなたに救っていただいた分、役に立ってみせましょう！」

料理人たちの代表が、しっかりとした足取りで私に近づいてくる。

「さあ、我々に指示してください。一緒に最高の料理を作ろうではありませんか！」

「あ……ありが、ありがとうございます！」

目の前の景色が、そしてミカエラの顔が涙で滲《にじ》む。

「皆さん、よろしくお願いします！」

私はしっかりと足に力を入れて立ち、深く深く頭を下げた。

「ミカエラ、あなたに感謝します。今、私がこうしていられるのは、あなたのおかげです。申し訳ありませんが、力を貸してください」

「任せて。僕は器用だから、料理だって極めてみせるよ」

軽口を叩いて片目を瞑《つむ》って見せたミカエラに礼を言い、私は冷静に周囲の状況を確認する。

キッチンの中は酷《ひど》い有様になっていた。鍋やフライパンや皿の破片が床に散乱し、材料の一部は落ちて駄目になっている。

焼いている最中だった大イガルゴのステーキはフライパンごと床に落ち、出せない状態だ。

「まずは、最低限のキッチンの掃除が必要ですね。躓《つまず》いて転んだり、皿の破片で怪我をしてはいけませんから。材料も調理台の上に散らばってしまっていますし、今使える食材のチェックをしなければ」

メインディッシュを出す時間は刻々と迫っている。かなり急がねばならない。

(片付けの間に使える食材を選び出して、それを使ってできる料理を考えないと)

幸い、かまどや暖炉に異常はないので火は使用できる。落ちたフライパンや鍋も壊れていないので、洗えば大丈夫だ。

私が使える食材を確認していると、またキッチンの外が騒がしくなった。ドタドタと数人の足音が聞こえる。

(今度はなんなの⁉)

警戒しながらキッチンの外に出ると、そこには掃除道具を持った使用人が並んでいた。

「ジェラール様の指示で参りました。片付けは私共に任せて、あなた方は料理に集中してください」

王太子の完璧な采配《さいはい》に、私はまた涙が出そうになった。

「……ありがとうございます！　よろしくお願いします！」

大まかな掃除を彼らに任せ、私とミカエラ、料理人たちはメインディッシュの調理に取りかかる。

(ステーキを駄目にしてしまったから、イガルゴの肉が足りない。同じものを作るのは無理だ)

肉はイガルゴのものしかないので、別の肉をというわけにもいかない。

「少ないお肉で作れて、メインになりそうな料理は……」

まだ使っておらず、たくさん残っている材料は、卵や穀物類である。付け合わせの野菜をゆでようと沸かしていた大量のお湯も無事だ。

ふと、私の視界にマイの実の袋が入った。自分たちで持ってきたマイの実もあるし、城のキッチンに置かれている予備のマイの実と合わせれば、何か作れるかもしれない。

「あの……後日お返ししますので、あそこにある城のマイの実を使わせていただけませんか？」

料理人の代表にお願いすると、彼はあっさりと承諾してくれる。

「遠慮なくどうぞ。城の食事でマイの実は人気がなくて……ああして余っているのです」

美味しいのにもったいないことだ。

なんにせよ、使わせてもらえるのはありがたい。私はミカエラと料理人たちに、メインディッシュのメニューの変更を伝えた。

「メインのお料理は……に、肉巻きおにぎりにします！」

おにぎりの膨らみで、肉を多く見せる作戦だ。

まずは、大まかにご飯——マイの実担当と肉の担当、タレ作り担当とメイン後の料理の準備担当に分ける。

私が、マイの実の調理方法を担当の料理人に告げると、彼らは機敏な動きで働き始めた。

「マイの実を研いで、沸騰しているお湯を使って炊きます」

沸騰したお湯を使えば、その分時間短縮になる。

この世界の人間には米を研ぐという習慣がなかったらしく、最初は戸惑《とまど》っていた料理人たちだが、軽やかな手さばきで次々にマイの実を鍋にかけていく。

その間に肉の担当が残ったイガルゴの肉を包丁で薄くスライスした。肉担当の一人、ミカエラは料理人顔負けの速さと正確さで肉を削《そ》いでいく。

「冒険者だから、獣の肉をさばくのは得意なんだ。役に立って嬉しいな」

この分だと、肉担当の仕事はかなり早く終わりそうである。

作業中のミカエラたちの向こうでは、タレ担当が苦戦していた。

持ってきた木の実をすりつぶし、分量通りに配合する作業は難しく、塩以外の調味料を使わないこの世界の人間には、馴染《なじ》みのないものだからだろう。

（本当は、私がここを担当できればいいのだけれど……）

この手では、木の実をすりつぶすことができない。情けないと自己嫌悪に陥《おちい》りそうになるが、そんな暇はなかった。

（落ち込むのはあと。今できることをしなきゃ！）

作られた調味料を味見しながら、私は彼らに分量を指示していく。

「醤油《しょうゆ》風味が足りない……ええと、そちらの茶色い木の実を十個ほど追加してください。あと塩も少々追加をお願いします」

このタレには、醤油《しょうゆ》、にんにく、酒、砂糖、ごま油、胡椒《こしょう》の風味に似た調味料が必要になる。それに該当する木の実を集めて配合していく作業は、この料理の要《かなめ》だ。

数回味見を繰り返したあと、やっと理想の味になった。

「……これです、この味です！　皆さん、ありがとうございました！　タレの完成です！」

料理人から喝采《かっさい》が上がる。

（さて、次はおにぎりを握る作業だな）

一足先に作業を終えた肉担当は、食器の準備をしてくれている。

出来上がったタレを数個の入れ物に分けて作業をする準備をしていると、マイの実が炊き上がった。

「できました！」

次々に、調理台の上に炊きたてのご飯が載せられる。

「ええと、このマイの実を丸く握ってボール状にします」

どうやってやり方を教えようと悩む前に私の説明を聞いたミカエラが、金色の目に楽しそうな光を浮かべた。

「僕が最初に食べたミナイの料理に似ているね」

「はい、同じおにぎりですから。あの時は梅じそおにぎりでしたね」

なんと、実物を見たことのあるミカエラが、見本のおにぎりを一つ作り、料理人に例を示してくれた。

熱々のご飯を握る作業は、慣れていないと難しい。しかし、冷ましすぎると握りにくくなるし時間もない。

全員冷水で手を濡らしつつ、手早く丸い形にマイの実を整えていく。

「熱っ！」

料理人たちの間で悲鳴が上がっている。思わず手を貸したい衝動に駆られたが……

「ミナイは手を出しちゃ駄目だよ。腕が悪化したらどうするの？」

「そうですよ、一生右腕が使えないなんてことになったら目も当てられません。ここは我々を信じて任せてください」

ミカエラや料理人が、焦る私を制止する。

「はい、すみません……ありがとうございます」

そう答えるしかなかった。

出来上がったおにぎりに薄くスライスした肉を巻いていき、少しコムの実の粉をまぶす。コムの実は小麦に似た植物。その粉は小麦粉の代わりになる。

それをフライパンで焼き、タレを絡めれば完成だ。

丁寧にお皿に盛りつけ、高級さが出るよう城の料理人のセンスでお皿を飾ってもらう。食べられる花を添えて、メインディッシュが出来上がった。

「……完成です」

「やったぁ!!」

ミカエラを始めとしたおにぎりの作り手たちが、嬉しそうにハイタッチし合う。

少し遅くなってしまったが、まだ許容範囲内だろう。

使用人たちが満面の笑みで肉巻きおにぎりのお皿を運んでいった。

「皆さんのおかげで、無事にメインのお料理を出すことができました。本当にありがとうございます。続いてデザートや温かい飲み物の用意がありますが、どうか引き続きよろしくお願いします」

私がそう言うと、料理人たちが笑顔で了承の意を示してくれた。

(さて、次はデザートだ)

お城の人たちが準備してくれたラギとモウルのチーズ、アマモの森で精霊たちが集めてくれたフルーツの盛り合わせがある。

「あと、少しだね。ミナイ、最後まで一緒に頑張ろう」

優しく励ましてくれるミカエラの言葉に、私は大きく頷《うなず》く。

城のキッチンの中は、温かい空気に包まれていた。

十　精霊解放令

ミナイが料理を完成させる少し前、ジェラールは苦々しい気持ちで会場を見回していた。

衛兵の報告は、第二王子ディミトリの部下が城のキッチンに乱入したという聞き捨てならないものだった。

幸い死人は出なかったが、ミナイが料理人を庇《かば》い右腕を負傷したという。

（ここまで来て、邪魔が入るとは……）

万が一のことを考え、食事の時間は多めにとってある。しかし、騎士がキッチンの中で暴れたとなると、料理に影響が出ているかもしれない。

「至急、使用人を手配してキッチンの片付けに当たらせろ。反対派には、何も悟《さと》らせないようにな」

命令を受けた衛兵は、静かにその場を離れた。

しばらくすると、会場内に魚料理を食べ終えた者が出始める。使用人たちは敢《あ》えてゆっくり皿を下げているが、あまり次の料理が遅くなると不審に思われるだろう。

（くそ……この場を離れられない王太子の立場が恨めしい）

本当は、今すぐ様子を見にいきたいし、直接手を貸してやりたい。しかし、今の自分には他に大事な役目があるのだ。

「次は、いよいよメインディシュですなあ！」

大臣の一人が嬉しそうに発言すると、つられて何人かの議員も同意した。

「ええ、この国のコース料理の順番でいくと、次は肉料理でしょう」

「楽しみだ。一般的には厚切り肉を焼いたものが出てくるはずだが、精霊は何の肉を用意してくれているのだろう」

会場はとてもいい雰囲気だ。だけど、料理が遅れると徐々に悪くなっていくに違いない。

「ジェラール様……私が、時間を稼ぐ方法をなんとかして探してきます！」

「シオン？」

傍《そば》にいたシオンが、こっそりと窓の外へ飛んでいく。

（一体、何をするつもりだ？）

その間も、時間は無情に流れる。食事を食べ終えた者から徐々に不満が漏れ始めた。

「次の料理は、まだ来ないのですかな？」

「これだから、精霊は。彼らは、時間が守れないのですか？」

「やはり、管理する人間がいなければ。この様子では、精霊は自身の仕事一つ満足にやり遂げられないようですからな」

メインの料理が出てこないことに便乗し、反対派が精霊を貶《おとし》める主張を始める。

（まずい。このまま反対派が流れを変えてしまえば、精霊解放令が通りにくくなる）

何かを話さなければと、ジェラールが口を開いた瞬間——第三者の声が大会議の会場に響き渡った。

「大事なお話の最中に失礼いたしますぞ！」

入り込んできたのは、白髪の老精霊と、赤い髪の青年精霊だ。老精霊は飛べないようで、赤い髪の精霊が彼を抱えている。

彼らは、ジェラールの近くに降り立って膝を折った。その後ろから、羽根を震わせたシオンもやって来る。

「ジェラール様、彼らは我々の味方で、時間を稼ぐのに協力してくれます」

小声で話すシオンの紹介を聞き、ジェラールは二人の精霊を見た。

一人は弟と契約していた精霊だ。だが、彼は自分の核を取り戻して、逃亡してしまったはずなのに。

（そんな精霊が、なぜこの場へ？）

シオンの言葉を信じたいが、今人間に敵対するような発言をされたら困る。精霊解放令は、精霊と人間が手を取り合わないと実現しない。

ジェラールの懸念をよそに、老精霊が話を始めた。

「わしは過去にこの国の工作員と契約していた精霊で、今は精霊全体のまとめ役をしている。そして、知っている者もおるかもしれんが、彼——ラースは、過去に第二王子と契約していた精霊じゃ」

第二王子という言葉を聞いて、会場の中に動揺が走る。

「我々は精霊解放令を支持する。もし実現したなら、精霊はこの国の人間にできる範囲での協力を惜しまないと約束しよう」

老精霊の意見に、反対派の議員が噛《か》みつく。

「そんなことを言って、この案が成立すればセインガルトから逃げる気だろう？　そこの精霊だって、ディミトリ様のもとから逃げ出したではないか！」

議員の矛先《ほこさき》が、赤髪の青年精霊――ラースに向いた。しかし、ラースは落ち着いた様子で議員たちを見つめる。

「俺が逃げたのは単純に、理不尽な要求で命の危機を感じたからだ。具体的には、精霊同士で殺し合えと言われた。俺の元主人は、部下とどちらの精霊が強いか競い合いたかったらしい」

淡々と話すラースだが、彼の話す内容に会場内は騒然となった。

「俺はそんなことはしたくなかった。けれど、力を出さなければ相手の精霊に殺されるし、命令に逆らっても死ぬ。自分の命が惜しかった俺は、隙をついて第二王子から核を奪い返し、城の外へ逃げた」

予想外に壮絶な話を聞いてしまった反対派の議員は、戸惑《とまど》いがちにラースに問いかける。

「だったら、お前は人間を恨んでいるのだろう？　精霊解放令が実現したとして、精霊側の協力を得るのは不可能なのではないか？」

彼に目を移したラースは、若干声の高さを落として言った。

「そうだな、最初は恨んでいた。だが、外の世界へ出て、世の中にいるのは第二王子のような人間ばかりではないと知った。人間に助けられたこともある。第二王子は許せないが、俺は精霊と人間が手を取り合うことには賛成する……『オジジ』」

ラースに促《うなが》された老精霊が、朗々《ろうろう》とした声で大会議の参加者に告げる。

「今回の件、後々のことを考え、我々は譲歩することにした。これは、精霊たちの総意だ」

老精霊は、ジェラールに向き直った。

「精霊解放令が通った暁《あかつき》には、我々はセインガルトに全面的に協力する。国内の人間との契約を優先し、この国が危機に見舞われた際は人間たちと協力して敵を追い払うことをここに誓おう！」

会場内は、水を打ったように静まり返った。

「シオンから精霊の寿命のことは聞いておる……精霊にとって、人間は必要な存在じゃ。我々は逃げも隠れもしない。いつでも精霊の森にいる――森が再生するまでの間は、一時的にアマモの森に引っ越し中じゃがな」

ジェラールは、瞬《まばた》きしながら赤い瞳で老精霊を見た。

「お前たちは、それでいいのか？」

「今さら何を言う。信用できないのなら、四六時中精霊の泉を見張っておればいいさ。そこを押さえられれば、次世代の精霊は人間の手に落ちたも同然。なんなら、わしの核もここへ置いていこうかのう？」

「私を信用してくれるのか？」

「セインガルトの王太子を信用したわけではない。お前さんを慕うシオンや、人間と友好関係を築いたミナイを信用したままでじゃ」

老精霊がそう告げたあと、ようやく使用人たちがメインの料理を運んできた。その料理は、とても変わった丸い形状をしている。

「……なんだ、これは？」

ジェラールが困惑の声を漏らすと、シオンが隣で囁《ささや》いた。

「私知っているわ、おにぎりよ。ミナイが昔、森で作ってくれたことがある。マイの実を蒸して握ったものなの」

「ライスはあまり好きではないが、以前ミナイの食堂で食べたものはうまかった。これは期待できる」

大臣や議員の反応も上々だ。変わった料理を楽しんでいる。

（なんとかなったか）

ジェラールはホッとして胸をなでおろすと、ニヤリと笑う老精霊と目が合った。

※

無事にメインの料理と、チーズと果物の盛り合わせを送り出した私――ミナイは、デザート作りに取り組んでいた。

（卵が大量に手に入ったから、クレームブリュレにしてみたけれど……）

加えて、温かい飲み物は、森の花のお茶と漆黒豆の絞り汁の二種類用意している。漆黒豆の絞り汁は、前世のコーヒーのようなもので、人間の間にも広く出回っている飲み物だ。

キッチンの中で指示を出しながら、私はとても緊張していた。

実は、シオン経由でジェラールに最後の料理を出す際に会場へ来てほしいと言われている。

(何をさせられるのかな。料理についての解説？)

使用人たちがデザートのクレームブリュレを運ぶ中、ミカエラと料理人たちが最後に出す小さな焼き菓子を焼いてくれていた。

(これで、最後だ)

焼き上がった小さな菓子を皿に盛り付ける作業には、私も参加する。これくらいなら、腕もあまり痛くない。

最後の焼き菓子を皿に載せ終えた瞬間、キッチンに喝采《かっさい》が響き渡った。

「終わったー！」

料理人たちが達成感に満ち溢れた笑顔で抱き合っている。料理を運ぶ使用人たちも嬉しそうだ。

「お疲れ様、ミナイ。頑張ったね」

「ミカエラ……ありがとうございました。あなたが支えてくれたから、私は役目を果たすことができた」

私を抱きしめたミカエラが、労《いた》わるように髪を撫《な》でてくる。彼からは焼き菓子の甘い香りがした。

そんな私たちを見た料理人たちが、口笛を吹き囃《はや》し立てる。

私は、改めて彼らにお礼を言った。

「ありがとうございました。これで無事に全ての料理を届けることができます。みなさんのおかげです。私は、これから大会議の会場へ向かいます」

緊張する私を、料理人や使用人たちが励ましながら見送ってくれる。

飲み物と焼き菓子を持った使用人と共に会場を目指す私に、ミカエラがついて来た。

「ミナイ、僕も行くよ。力になれることがあるかもしれない」

「ミカエラ……」

「まあ、断られても行くしね」

彼の強引さが、ありがたかった。

大きな扉の中に、焼き菓子や飲み物を持った使用人たちが、吸い込まれるように消えていく。

深呼吸した私は、彼らのあとについて会場へ入った。

「あ、ミナイ！　こっちこっち！」

中に入ると、シオンが私とミカエラをジェラールのもとへ案内する。王太子は席から立ち上がって私たちを出迎えた。

「ミナイ、ミカエラ、ありがとう。おかげで、上手《うま》くいきそうだ」

「ジェラール……こちらこそ、ありがとうございます。途中でトラブルがありましたが、あなたが使用人の皆さんを手配してくれたおかげで、メインの料理が間に合いました」

「いいや、気が回らなくてすまない。まさかこの期《ご》に及んで、弟があのような馬鹿な行動に出るとは思いもしなかったのだ。その右腕は……」

「大丈夫、無理をしなければ治るそうですから。それよりも私は何をすれば？」

「この部屋の中央――この場所に立っていてくれるだけでいい。今日の功労者として紹介したい」

私を伴《ともな》って移動したジェラールは、部屋の中央で会場全体を見回した。ちょうど、使用人たちが焼き菓子を配り終えたところだ。

「ここで、本日の食事の作り手を紹介したい。『料理』の加護を持つ精霊のミナイだ」

恐る恐る大会議の参加者たちに目をやると、どの参加者も好意的な視線を向けていてくれた。会場内に、拍手が鳴り響く。

「ありがとう、精霊のお嬢さん。大変美味しい料理だ。特にあのメインの料理は斬新でよかった」

一人の壮年の男が立ち上がり、笑顔で感想を話してくれる。

「ああ、さすが精霊だ。『料理』の加護も捨てたものではないな」

彼らの言葉を受け、私は深く頭を下げた。自分の考え出した料理が受け入れられたのだ。嬉しさで全身が震える。

「このように、精霊の持つ加護は様々な形で人間を助けてくれる。国の危機には全員で協力するという精霊代表の言葉も得た。彼らとの契約に戦闘職のみをあてがう必要はない」

隣では、ジェラールが訴えていた。

国の危機という話が何を指すのかキッチンにいた私にはわからないけれど、ジェラールは加護による偏見をなくしてくれようとしているのだろう。

黙って成り行きを見守っていると、一人の議員が私の右腕に目を留めた。

「その怪我は？　血が滲《にじ》んでいるが、新しいものではないのか？」

私はハッとして自分の右腕を見た。彼の言う通り、いつの間にか包帯に赤い血が滲《にじ》み出している。

「こ、これは……」

どう説明すればいいのか私が迷っていると、大会議の会場に新たな客がやって来た。堂々とした黒髪の大男――謹慎中のディミトリだ。

「その精霊の腕の傷は、俺の部下がつけたものだ」

「ディミトリ、お前、なぜここに？」

ジェラールが赤い目で弟をにらみつけるが、当の本人は素知らぬ顔で話を続ける。彼のあとから衛兵たちが慌てて入って来たことから、勝手に謹慎していた部屋を抜け出してきたらしい。彼は、最後の最後まで邪魔をする気なのだ。

「精霊と人間が仲よくするなど、無理な話。この精霊だって、自分に怪我をさせた相手を憎んでいるに違いないんだ。精霊解放令なんてやめておけ、奴らが人間に味方するなどありえない」

彼の瞳が、「そうだろう？」と言うように、私を見た。

もちろん、腹は立てている。腕を怪我したせいで、料理に大変支障が出たのだ。けれど、それだけではない……この怪我のおかげで学んだこともある。

「ジェラール、少し私から皆さんに話をしてもいいでしょうか？」

「それは良いが……」

王太子の同意を得た私は、もう一度深呼吸をしてここに集まる全員に語りかけた。人前で話すのは苦手だが、今は伝えなければならないことがある。

「今日は、私の考えた料理を召し上がっていただきありがとうございます。このような機会をくださった全ての方にお礼を申し上げます」

会場の中はしんと静まりかえり、全員が私の次の言葉を待っていた。

「今日の料理なのですが……実を言うと、私一人では完成させられませんでした。皆さんに食べていただいたのは、精霊と人間の合作料理——互いが手を取り合い協力した結果の産物なのです」

私の動かせない右手に代わり、ミカエラや料理人たちが手を貸してくれた。彼らの力なくしては、今日のコース料理はできなかったのだ。

「確かに、この怪我は人間によるものです。しかし、私の怪我の手当てをし、掃除や料理を手伝ってくれたのも、同じ人間……」

お互いをわかり合わないまま種族で区別し、相手を拒否することは簡単だ。しかし、それでは永遠に前へ進めない。

「それから、今日の食材を集めてくれたのは、ホワイ村の皆さんと精霊たちです……様々な力を借りて、この料理はできました」

私はアイデアを出して少しだけ料理をしたにすぎない。

「精霊と人間が手を取り合うことは、きっと可能です。今日だって、こんなふうに協力できたのですから——」

私が全てを言い終えると、会場からポツポツと拍手の音が聞こえた。その音はだんだん大きくなり、やがて会場全体を包み込む。

(賛同、してもらえた?)

ちらりと視線を横に向けた私は、目を見張った。

いつの間にかディミトリが、どこからか取り出した短剣を私に向けている。

「演説ご苦労。だが、ここでお前を殺せば全てが逆転する。理不尽なお前の死に怒りを感じて精霊は人間と対立し、この国は精霊に対する支配政策をとらざるを得なくなるだろう」

衛兵の中にディミトリの味方がいたようだ。ジェラールとシオンは、彼らに捕えられて身動きが取れないでいる。

さらに会場の所々にディミトリの部下が侵入し、丸腰の大会議の参加者たちを押さえていた。しかし――

「ミナイに触るな!」

少し離れた位置にいたミカエラが恐るべき速度でこちらへ駆け寄り、素手でディミトリの短剣を弾《はじ》き飛ばした。

続いてディミトリに当て身を食らわせ近くにいる衛兵を蹴り飛ばし、素早くジェラールとシオンを解放する。

「大丈夫? ミナイ」

「ありがとうございました。おかげで平気です。しかし、第二王子の部下が多いですね」

当て身を食らって俯《うつぶ》せに床に倒れたディミトリが、すぐに起き上がり顔を真っ赤にさせて迫ってくる。彼の手には、二本目の短剣があった。

「こ、来ないでください！」

私は近くを探《さぐ》り、ジェラールのものであろう分厚い資料の束で彼の顔面を殴りつけた。左手だけではこれが限界だ。

ディミトリは再び体勢を崩し、正面から床に頭を打ちつける。

（……正当防衛だよね）

ジェラールは衛兵に指示を出し、弟の部下たちを捕らえようとしていた。

その時、会場の窓という窓から大勢の精霊が乱入してきた。

色とりどりの精霊が軽やかに会場を飛び回り、人間たちは呆気にとられてその光景を眺《なが》めている。

精霊を指揮しているのは友人のラースだ。

「ミナイ、手伝ってやるぜ！　俺は料理が苦手だが、こういうのは得意だ！」

精霊たちは、武装したディミトリの部下を次々に気絶させていく。

数分も経たないうちに、ディミトリとその部下たちを全員捕らえ、外に連れ出した。騒然としていた会場内が徐々に落ち着く。

ジェラールが静かに会場の真ん中に立った。

「侵入者のせいで混乱を招いてしまい、申し訳ない。今すぐ大会議を終えたいところだが……最後に精霊解放令の採決を取りたいと思う」

一呼吸置いたジェラールは、赤く鋭い瞳で会場内を見回しながら言った。

「精霊解放令に賛成する者は、挙手を――」

私は、ハラハラしながら結果を待った。そんな私を、ミカエラが後ろから支えてくれる。

ディミトリたちの捕縛に協力してくれた精霊たちも、その場にとどまり大会議の行方を見守っていた。

パラパラと参加者たちの手が上がる。その数は、半数ほどだ。

（あと少し……）

願いながら見つめていると、さらに挙手をする人間の数が増えた。次々に手が上がり、ほぼ全員が精霊解放令に賛成する。

それを見たジェラールの表情が、泣きそうに歪んだ。彼の傍《かたわ》らに、シオンがそっと寄り添う。

「では、半数以上の賛成により、精霊解放令を可決する」

ジェラールが宣言すると同時に会場内に歓声と拍手が巻き起こった。

「や、やりましたね」

力の抜けた声でジェラールに話しかけると、彼も脱力したように微笑みを浮かべた。全ては、終わったのだ。

その後、精霊解放令は速やかに発布された。

理不尽な待遇を受けていた精霊たちは、全員解放されて自由を手に入れている。もちろん、契約相手を気に入って、傍《そば》に残る者も多かった。シオンもその一人だ。

そして、精霊解放令の発布と同時にセインガルトの国王は引退した。王位は王太子のジェラールが継いでいる。第二王子のディミトリは、精霊の森を燃やしたことと大会議での行動が問題視され、幽閉された。しばらくは、出てこないだろう。王位継承権はもちろん、王族の籍も剥奪されるらしい。

けれど、会議が終わって帰る際に、ジェラールが教えてくれた。

「あのあと、君の料理をあのわからず屋に届けたところ、完食してあったよ」

いつか、ディミトリとも手を取り合うことができればいいと思う。

こんなふうに、大会議は終わったのだ。

十一　アマモの森のご飯屋さん

アマモの森に戻った私は今、店での仕事の範囲を狭めている。

城で負った全治一ヶ月の怪我は思ったよりも深刻だった。今の、『アマモの森のご飯屋さん』は、モーニングのみの営業となっている。

堅い木の実をゴリゴリすり潰したり、重いものを持ち運んだりの作業は、ラースが肩代わりしてくれていた。ミカエラは、黒のコックコートに着替えて私に料理を習っている最中だ。

店で料理ができるのは私一人しかおらず、今回のように何かあれば店を回していけなくなる。それで、ミカエラが料理を覚えたいと言ってくれたのだ。

今作っているのは、キノコとココウ肉のクリームリゾット。ミカエラはセンスがあるので、すぐに料理をマスターするだろう。

たまに気まぐれな精霊たちが、店の雑用を手伝ってくれることもある。

アマモの森に仮住まい中の彼らは、以前に比べると頻繁に人里に現れるようになっていた。

「今日のモーニングメニューは、川魚と森野菜のキッシュプレートとラギの焼肉プレート、ピザプレートですね」

「うーん、キッシュは昨日覚えたから大丈夫。焼肉も、比較的簡単だからなんとかなるかな」

キッシュは手作りのパイ生地に炒めた材料を載せてココウの卵を流し込み、その上からラギのチーズをかけてオーブンで焼く。

ミカエラの自己評価は謙虚だ。彼の料理の腕は、加護を得ていることもあり、かなりいい。

温かい雰囲気の店内に、朝の客がやって来る。空は晴天で、開業日和だ。コックコートの裾が、風にふわりと舞った。

私はミカエラのサポートをしながら、注文を取る。

(女性客にはキッシュが、男性客には焼肉が人気だな)

ちょうど、ミカエラの作ったキッシュが焼き上がったようだ。焼き立てのいい匂いが客席まで広がり、キッシュプレートの注文が増えた。

「ミカエラ、キッシュプレート二つ追加です！」

「了解。ねえ、ミナイ……ピザのトッピングをお願いしてもいい？」

「それくらいなら、お安いご用です」

捕獲した野鳥の肉に火を通し、手作りのピザ生地にそれらと野菜を並べた私は、その上からチーズをパラパラと振りかけ、オーブンに入れた。

(なかなか上手にできたな)

同じ要領でトルティーヤを作り、野菜とチーズ、サルサソース風の調味料を用意して、タコスのような料理もいいかもしれない。

私は、頭の中のメモに新メニューを記録した。

お客さんの中には、たまに料理のお代の他に野菜や酒、日用品を置いていく人がいる。聞けば、精霊に対する『お供《そな》え』なのだそうだ。

村長にそのことを相談したら、「黙ってもらってやれ」と言った。彼の話では、廃《すた》れていた近隣の村や町の精霊信仰が、精霊の大量移住により復活し始めているとのことだ。

せっかくもらったものを突き返すのも気がひけるので、私はありがたく受け取ることにしている。

冬が過ぎ新しい春を告げる植物が芽吹き始めた頃、私の腕の怪我は完治した。店の営業時間も元に戻し、朝昼晩のすべての時間に営業をしている。

そんなある日、アマモの森に小さな事件が起こった。

「大変だ！　大イガルゴじゃ！」

朝一番――まだ夜が明けていない時間に、興奮した村長が狩猟小屋に駆け込んできた。

寝起きの私とミカエラは、のろのろと寝台から起き上がり彼の話を聞く。一ヶ月前に、私とミカエラは狩猟小屋で同居を始めていた。

「アマモの森に大イガルゴが現れたのじゃ！」

害獣が出たというのに、村長はやたらと嬉しそうである。

（今までなら、もっと悲壮感があったものなのに。近頃は大きな獣が出ると、村の皆が喜ぶようになってしまった……）

ホワイ村の村人たちの目当ては、もちろん獣の肉である。中でも、高級霜降り和牛に似た大イガルゴの肉は老若男女問わず大人気だ。

私は木の弓を、ミカエラはナイフを抱えて小屋を飛び出した。

今日は店が休業日なので、狩りに出かけても大丈夫。

アマモの森に住む他の精霊も、獣の気配を察知したようで、森の中をあちこち飛び回っている。

大イガルゴを目撃した村長の証言をもとに足を進めていると、森の比較的浅い場所で獲物を発見した。前に料理したものよりも小さい。

「小さめだね、ミナイ。大イガルゴというよりは、小イガルゴだな」

「それでも、かなりの肉が取れそうですよ」

私は、弓で大イガルゴの額《ひたい》を狙った。

しかしその瞬間、背後の木々がメリメリッと嫌な音を立て倒れる。

「ミナイ、後ろにもう一匹いる！」

振り向けば、前に狩ったイガルゴの二倍はあろう大物が、私たちを狙って目を光らせていた。

「うわぁっ！」

ミカエラを抱えた私は、慌てて上空へ避難する。

私に抱えられたミカエラが、上から大イガルゴに向けてナイフを放った。その先端は、正確に大イガルゴの眉間に突き刺さる。

「……駄目だ」

彼が悔しそうな声を上げた。

大イガルゴは、傷を負いながらもまだ動いている。そうして、小イガルゴへ近づくと、いきなり襲いかかった。

「ああっ！　共食いを始めています……貴重な肉が！」

私は慌てて下降しミカエラを地面に置いたあと、真近から大イガルゴに向けて矢を放った。

今度は大イガルゴの鼻に命中する。大きなダメージを与えられたようで、地響きを立てて大イガルゴの体が地面に崩れ落ちた。

そのタイミングでミカエラがナイフを放ち、とどめを刺す。大イガルゴと小イガルゴ、二匹の獲物が並んだ。

小さなイガルゴは、一部齧《かじ》られているものの、比較的多くの肉が無事だった。

「やりましたね。でも、どうやって二匹を運びましょうか。この場で解体しても、持ち帰る量には限界がありますし……」

悩んでいると、上空に影がよぎった。アマモの森に移住した精霊の群れだ。騒ぎを聞きつけて、やって来たらしい。

「よう、ミナイ！　困っているみたいだな！」

ラースを始めとした精霊たちが、次々に舞い降りてくる。

「大物だな。よし、店に運ぶか……！」

私たちは料理を提供することと引き換えに、彼らに二体の獣を運んでもらった。

店の外でイガルゴを解体し、そのまま野外で料理する。

血抜きをして皮を剥《は》ぎ、内臓を取った肉を棒につるし、小さなイガルゴを焼く。齧《かじ》られた部分は切り取り、抜き取った内臓部分には、臭みを取るために精霊の森に生えている香草と適量の岩塩を入れている。小イガルゴの丸焼きだ。

大イガルゴは、適度な大きさに切り分けて、前回好評だったステーキにした。

今の店には様々なハーブやスパイスがあるので、さらに美味しく食べられそうだ。そうこうしているうちに村長や村人たちもやって来て、大勢でのバーベキューという状態になった。

『オジジ』と村長は意気投合したようで、酒を酌み交わしている。性格も似ているので、良い友人同士になったのだろう。

料理を終えた私とミカエラは、店の外にある切り株に二人で腰かけた。

「はい、ミナイ、口を開けて？」

「え、でも……」

「ほら、あーん」

照れくさくて辞退しようとしたが、彼は私の口元に肉を近づけてくる。

「………あーん」

観念した私は、大人しく彼の手から肉を食べさせてもらった。恋人同士とはいえ、かなり恥ずかしい。

並んで座る私たちは仲よく肉料理を味わい、その様子を村人たちが生温かく見守っている。

(私、今とても幸せだ)

これこそ、夢見ていた光景なのかもしれない。

(自己満足だけれど、私は自分の作り出すもので、みんなが笑顔になってくれることが嬉しい)

料理をきっかけに、これからも様々な人や精霊との絆《きずな》を紡《つむ》いでいけたら——近頃ではそれが目標だ。

自分には、料理を通してできることが、まだまだたくさんあると思う。

そんなことを考えていると、聞き覚えのある声が村の入り口のほうから聞こえてきた。

「やっほー！　久しぶりね、ミナイ！」

私は思わずそちらへ駆け出す。

「シオン！　それに、ジェラール！」

そこには、しばらく会うことのなかったこの国の王と、その契約精霊が立っていた。彼らに会うのは、大会議以来だ。

「お忍びで来ているから、静かに。ね？」

シオンにたしなめられ、私は慌てる。

村人たちのほとんどはジェラールの正体を知らない。単に、『アマモの森のご飯屋さん』のお客の一人だと思っている。

「忙しくてなかなか来られないけど、ミナイのご飯が食べたいのを我慢できなくて……」

「ちょうど、大イガルゴの肉を焼いていたところです。よかったら、一緒に食べませんか？」

私の提案に、二人はすぐさま同意した。

「そういえば、『オジジ』が羽根も治ったし店で働きたいと言ってくれているんです。それで、人間の社会で自立したいと考えている精霊の生活支援を兼ねて、デリバリーを始めてみようと思うのですが……経営も軌道に乗ってきましたし」

「それはいいな。城にいながら、ミナイの作る料理が食べられる」

ジェラールは、柔らかい笑みを浮かべてそう言った。会うたびに、彼の表情は穏やかなものになっている。これはシオンの影響だろう。

その後、ジェラールと精霊の『オジジ』を通し、少しずつだが人間と精霊は友好的な関係になっていった。

セインガルトの精霊は、未だに成人後は人間と契約しなければならない。けれど、騎士との強制的な契約は廃止され、自由に契約相手を選べるようになった。

もう、騎士に傷つけられて泣き寝入りする精霊はおらず、精霊に対する差別的な見方も徐々になくなっている。

また、身分の高い低いに関係なく、一般庶民が精霊と契約する事例も出てきた。これから、精霊と人間の交流がもっと増えていけばいいと思う。

※

春が訪れたホワイ村で、一人の老人が青く澄み渡った空を見上げた。

彼はこの村の村長で、アマモの森周辺の土地を管理している大地主でもある。

「そろそろ、昼時じゃ……店に顔を出そうかのう」

セインガルト国の王都の東には、『アマモの森のご飯屋さん』という小さな食堂がある。

ミナイという水色の髪の精霊が経営しているアットホームな店で、その料理はこの世のものとは思えないほど美味しく、一度食べたら忘れられない味だと評判だ。

加えて、店では、食材調達係やデリバリー係、ホール係として、たくさんの精霊が働いている。

本物の精霊がたくさん見られる珍しい場所ということもあり、毎日大勢のお客で賑わっていた。

村長は、いつも通り店の隅にある一人席に腰かける。

すると、それを見つけた赤髪の精霊——ラースが近づいてきた。

彼は現在、ホール係を務めている。性に合っているようだ。他にも、数名の精霊が客の注文を聞いていた。

「お、村長のジーサン。よくきたな……今日の肉は、新鮮なシシイだぜ？」

「では、それを頼もうか。あと、マイの実のおにぎりも欲しいのう」

「よしきた！」

注文を受けた赤い精霊は、元気よくキッチンへ飛んでいく。村長は目を細めて彼を見送った。

「ミカエラ！　シシイの角煮ができ上がりました！　順に盛りつけていきますね！」

「こっちも、森魚のアクアパッツアが完成したよ！」

店の奥にあるキッチンの様子は村長のいる場所からは見えないが、元気な男女の声が聞こえてくる。

現在キッチン担当者は二名。

店の経営者兼、料理長の精霊ミナイと、彼女の恋人で元冒険者のミカエラだ。彼らの作り出す料理は、本当に絶品だった。

村長は、この二人が結婚するのは、時間の問題だと思っている。

洗い場は、人馴れしていない新人精霊が担当しているようだ。働きながら、少しずつ人間を知っていくのはよいことである。

村長の友人の老精霊は、料理を配達するために各地を飛び回っているらしかった。自分も、まだまだ負けてはいられない。

「ジーサン、お待たせ。シシイの角煮とおにぎりだ！」

「ありがとう……出来立てで、うまそうじゃな」

今日も、アマモの森のご飯屋さんでは、水色の髪の精霊が元気に料理を作り続けている。

※

無事に仕事を終えて帰宅した狩猟小屋の中で、私とミカエラは少し気まずい空気で向かい合っていた。

春が来て、暖かくなりつつあるアマモの森の中、この小屋の中だけ微妙に温度が低く感じる。

実は、私がいつも身につけていた髪留めがジェラールからのプレゼントだということがミカエラに発覚してしまったのだ。

暖炉の火はまだ入れているのだが、精神的に肌寒い。

（そんなに彼が気にするなんて、思ってもみなかったな。ちょっと軽率だったかも……）

別に浮気をしているわけではない。もらった髪留めをずっと使っていたのも、それしか持っていなかったからというだけである。料理をする際に、髪が落ちてこないので便利なのだ。

「……これは、ジェラールからの単なるお礼の品で、深い意味はなく」

「そうだね。でも、他の男からもらったアクセサリーを毎日のように肌身離さず着けられているのは恋人として少し複雑だよ」

「すみません……」

私が素直に謝ると、ミカエラは「僕のほうこそ、狭量な恋人でごめんね」と気まずそうに苦笑いした。

「どうも、ミナイのことになると余裕がなくなっちゃって……でも、アクセサリーの類《たぐい》も服も、足りていないということだよね？　同居し始めたばかりだとはいえ、今まで気がつかなくてごめん」

「えっ、大丈夫ですよ？　服は精霊時代のものと、村の人がくれたお下がりが三着ありますし。冬服もお供《そな》えで二着もらいました。普段はコックコートを着ていますし、問題ないかと」

最低限の服はちゃんと持っているし、アクセサリーは髪留めのみだが、特になくても生きていける。

「齢頃《としごろ》の女の子なのに」

「精霊は究極のエコライフを実践している種族ですからね。それに、たくさん物があってもこの家には入りませんよ？」

「それなんだけどさ……」

ミカエラは、急に真剣な表情になって私を見つめた。

「今後二人で住み続けることも考えて、もしミナイさえよければ、この小屋を増築しない？」

「増築？」

「うん、今のままだと、二人暮らしには手狭だろう？　この間、村長が増築したらどうかって話を振ってきて……」

「私は、どちらでも構いませんが」

精霊はあまり住環境にこだわらない。私自身も住めればなんでもいいと考えている。

「お店もありますし。増築するのは大変じゃないですか？」

「大丈夫、今度はプロに頼むよ。お店の常連さんに大工がいるから」

「でしたら、費用は私が……」

「それは、僕に払わせて！」

身を乗り出すミカエラに、私は驚く。

「えっと、ですが……ミカエラに払っていただくわけには」

「ミナイって、お金が関係することにシビアだよね」

それはきっと、前世の影響だ。前世の貧乏生活を色濃く覚えているからに違いない。

「ごめんなさい。ですが、こういうことは後々禍根《かこん》を残さないように、きっちりしなくては」

「じゃあさ……その、何かを決めるたびに、こういうやりとりをするのもアレだし……」

しばらくうつむいたあと、ミカエラは赤く染まった顔で切り出した。

「ミナイ、結婚しよう！」

「……!?」

思いがけない言葉に、私はまじまじと彼を見た。

「こんな流れで言うつもりはなかったんだけど……僕と、結婚してください！」

そう言って、ミカエラは私に手を差し出す。

「結婚……」

しばらく意味を理解できず、私は無言で突っ立っていた。

「……私、精霊だから、子供を産めませんよ？」

過去の文献を読んだジェラールの話では、セインガルトの王と結婚した精霊にも、子供は生まれていないとのこと。幸い、王には死別した前妃がおり、彼女との間にできた息子が跡を継いだらしい。

最初の契約をした精霊の娘は、王の二度目の結婚相手だったのだ。

「たぶん、そうだと思っていたから、そこは気にしていない。僕は子供が欲しいからではなくて、ミナイとずっと一緒に生きていきたいから、こうしてプロポーズしているんだ」

彼の金色の目は真剣そのものだ。

「……ミカエラ」

なぜだかわからないが、涙が出そうになる。

それは、彼が私をいつも変わらずに愛してくれているからだと思う。種族が違っても。

「はい……わ、私も、ミカエラと結婚したいです」

「ミナイ……」

ミカエラは、私の手を取って微笑んだ。

「ありがとう」

「こちらこそ……ありがとうございます、ミカエラ」

こうして、私に新しい家族ができた。

精霊の中には結婚する者もいるけれど、相手が人間というのはかなり珍しいと思う。


夫婦になった後も、私たちは二人で変わらずに店を続けている。

今私の指には、ミカエラがくれた指輪がはまっていた。作業しやすい、シンプルな作りのものだが、普段はネックレスに通し、精霊の核と一緒に首にかけている。

髪留めも、彼が何個か買ってくれたので、ジェラールからもらったものとローテーションで使い回していた。

「まだまだ寒い日もあるんだから、外に出るなら、暖かくしなきゃ駄目だよ」

朝、家を出ようとしたら、ミカエラが薄手の上着を掴んで私を抱きしめてきた。ふわふわした上着をモゾモゾと着せられて、戸惑《とまど》いながら後ろを振り返る。

「はい……あの、恥ずかしいです」

「ミナイは、いつまで経っても慣れないね」

自分も上着を羽織ったミカエラは、家の戸締まりをして朝の森に足を踏み出した。

『アマモの森のご飯屋さん』の朝は早い。日が昇り始める頃に、私たちはアマモの森からホワイ村の入り口にある店へ向かうのだ。

途中、森の中で様々な小動物とすれ違う。

小さなリス似の生き物や、野ネズミのような生き物を追い越して朝の森を抜けると、ホワイ村へ着いた。

まだ朝は少し寒いので、店の入り口の篝火《かがりび》を付ける。狩猟小屋の裏で飼っている家畜の世話は、従業員である動物好きの精霊たちがしてくれていた。店で働く精霊の多くは成人前の未契約精霊なのだが、人間社会に馴染《なじ》むためにこうして働いている。

一から人間のもとで働くよりは、慣れるまで精霊が経営する食堂で働くほうが安心できるみたいだ。

雇う人数が増えると儲《もう》けが減ってしまうのだが、今の稼ぎでも普通の生活はできるので問題ないとミカエラも承諾してくれている。

精霊の森は、少しずつだが再生しているようだ。新しい命が芽吹き始めている。森の奥にある湖では、秋に新しい精霊が誕生するだろう。

これまでと変わらず……というわけにはいかないが、精霊たちはアマモの森で伸び伸びと暮らしている。

「ミナイ、今日のメニューはどうする？」

「はい！　肉は、昨日の夜に解体して保存しておいたポウレットとメリーヌズですね。果実酒煮込みとジンギスカンにしようかな……昼に出します」

「了解。ココウはトロトロの煮卵にしてモーニングに出していい？」

「お任せします！」

ミカエラの料理の腕は、メキメキと上がっている。『料理』の加護も侮《あなど》れないと思う今日この頃だ。

「では私は、昨日精霊たちが採取してくれた藻と根菜を使って味噌《みそ》汁でも作ります。マイの実は、森野菜の炊き込みご飯にしましょう」

あとは、洋食メニューをもう一品作ればいい。

「ココウの卵がまだあるから、スコッチエッグにしようかな」

「ミカエラは卵料理が好きですね。こちらの森芋は、バター醤油《しょうゆ》風の調味料で味付けしましょうか。残りはグラタンにして昼に出します」

「そうだね、昼過ぎには精霊たちが狩った食材が届くし、そっちは夜に使おう」

「はい。解体作業も彼らがしてくれるので、助かりますね」

「うん。人手があると、料理に集中できる」

『アマモの森のご飯屋さん』の前には、今日も開店前から列ができている。

どうやら、篝火《かがりび》の周囲は村人たちのたまり場になっているようだ。朝は老人たちが集まって体操をしており、昼には主婦の井戸端会議が開かれている。夜は近くに住む若者たちが集っていた。

最近では、店の近くで狩ってきた獲物や、採取した森の幸を販売する精霊も出てきている。

法律が変わっても、故郷を追われても、精霊たちは逞《たくま》しかった。

「そうだ。村の近くの崖に、またアドレナが現れたらしいよ。あと、隣町の外れにある草原に、ゲギアが大量に出たらしい」

「明日は店が休みなので、狩りに行きましょうか」

「うん。腕が鈍っても困るし、久しぶりに行きたいな。他の精霊たちに先を越されるかもしれないけれど」

ミカエラは、引き締まった腕で私を抱き寄せると、小さく音を立てて口付けてくる。

「ふふ……万が一狩り損ねても、『オジジ』から大物の穴場を聞いておいたから大丈夫ですよ」

私は小さく笑って、彼に頬をすり寄せた。


その後、村長のすすめで、隣町にある小さな教会で私たちは結婚式を挙げた。ちょうど初夏のことである。その頃には、家の増築も無事に終わっていた。

森の中の古い狩猟小屋は、温かい雰囲気の新婚夫婦の家に様変《さまが》わりしている。

式には大勢の村人や精霊、城からはお忍びでジェラールとシオンが来てくれた。たくさんの人に祝われて、私は改めて彼らに感謝したのだった。

ホワイ村と森の間には、精霊と人間の夫婦が切り盛りする食堂、『アマモの森のご飯屋さん』がある。

その店は、長きに渡り繁盛し、そこの主人夫婦は末永く幸せに暮らしたそうだ。

番外編　赤と紫

大会議から半年が経過した夏のある日、シオンは久しぶりに『アマモの森のご飯屋さん』を訪れていた。

相変わらずキッチンでは、ミナイとミカエラが仲よく並んで作業している。

店は最初の頃よりさらに繁盛しており、中の席も外の席も満席な上に、待機している客までいた。

そんな中、いそいそと料理を運んでくる赤い髪の精霊――ラースにシオンは尋ねる。

「あんた、傷口に塩を塗り込まれているようなものなのに、なんでここで働き続けているの？」

シオンは、ラースがミナイに惚《ほ》れていたことを知っている。

アマモの森に住み始めたミナイは、人間のミカエラに恋をし結婚してしまった。報《むく》われない想い、ここに極まれり。

「うるせえ。俺は今の仕事が気に入っているんだ。ようやく表で堂々と働けるようになったからな！」

遠慮のないシオンの言葉に、ラースは真正面から反論する。

「つーか、そういうお前こそどうなんだよ。この村でも噂になっているが、王になったジェラールは近々隣の国から妃を迎えるそうじゃないか。お前、それでもまだ、あいつのもとで働き続けるのか？」

「ほ、放っておいてよ！　あんなの、ただのガチガチの政略結婚よ」

「だとしても、ジェラールの性格なら、相手を大事にするだろう」

シオンは、じっとりとラースを見た。ラースの言う通りだ。誠実な現国王は、そうやって精霊であるシオンも受け入れてくれたのだから。

「仕方ないじゃない。精霊は子供を産めないんだもの。王族の伴侶にはなれないわ」

普通の人間ならまだしも、王族には世継ぎが必要不可欠だ。弟であるディミトリが役に立たない今、ジェラールは王位から逃げられない。本人も、王位を投げ出そうなどとは考えていないだろう。だからこそ、どう足掻《あが》いてもシオンは伴侶になれないのである。

「とにかく、もういいのよ！　ジェラール様は私のことを家族のように大切にしてくれているけれど、そこに恋愛感情が一切ないのなんてわかっているもの！」

そう、これはシオンの片想いなのだ。

出会った時、ディミトリに加護をけなされて落ち込んでいた自分に優しく声をかけ、受け入れてくれたジェラール。『言語』の加護だけではなく、シオン自身を大切にしてくれた彼を好きになるのに、時間はかからなかった。

その想いは、現在に至るまで、無情なほど一方通行のままだが……。

「わかっているもの……ジェラール様は、私に全然恋してくれない。妹か娘のようなものだと思っているのよ……う、うわぁあん！」

「ちょっと、おい!?　こんな場所で大泣きするなよ！」

ギョッとした表情のラースが、慌ててシオンを外へ連れ出す。店内で泣かれると、他の客に迷惑がかかる。ラースはそう判断したのだろう。

店の裏の客がいない場所にあったベンチへ二人で腰かけた。

「悪かった。お前がそこまで思いつめているなんて、思わなかったんだ」

ラースは、明らかに動揺していた。普段堂々としている彼が慌てる様子は、見ていて少し面白い。

「……ジェラール様の妻になる女性の絵姿を見たわ。隣の国のお姫様なの」

「そ、そうか」

「噂も聞いたわ。金髪碧眼《へきがん》の、背が高くて優しい方だということよ」

「不細工で性格の悪い女じゃなくて、よかったな」

「そういう問題じゃないわ！」

そう声を上げたシオンだが、なんだかラースに怒鳴るのが馬鹿らしくなってきた。

「……そうね、優しい人ならいいわね」

そのままフラフラと店に戻り、食事を再開する。

呆れ顔のラースがあとからついてきて、季節のデザートをサービスしてくれた。

「そういえばね、最近、街で精霊の失踪《しっそう》事件が起きたらしいの」

外で話している間にランチの時間が過ぎたので、客の数が減っている。ホール係もそれほど忙しくなさそうなので、シオンはラースと世間話をすることにした。

「貴族の男性と契約していた精霊なのだけれど、良好な関係を築いていたみたいで、核を返還されても彼のもとで生活していたの。それがある日、外へ遊びに出たきり帰ってこないんですって」

「逃げたんじゃねーの？」

「そんなことはないわよ。それにね、行方不明になった精霊は一人だけじゃない。精霊がいなくなったとジェラール様に訴えてきた人が他にもいるの」

「王様も大変だな。精霊捜索は、ジェラールの仕事じゃねえのに」

「そうも言っていられないわ。誘拐事件だったら大変じゃないの。精霊たちが悪人の手に渡れば、セインガルトが危《あや》うくなるかもしれない。私たちが気持ちよく、この国に味方できる環境を作るためにも、今回の事件は放っておけないのよ」

人間よりも力が強いとはいえ、多くの精霊は世間知らずで騙《だま》されやすい。単独行動していることも多く、悪知恵のある人間たちに数で攻められれば傷つけることは簡単だろう。人間が精霊に危害を加えたことが公《おおやけ》になれば、現在、友好的な関係を築けている人間たちに対する不信感が芽生えてしまうかもしれない。最悪の場合、セインガルトへの協力自体を取り消される恐れがある。

（私は精霊なのに、いつの間にか人間側に立って物事を見るようになってしまったわ……）

シオンの考えは、精霊として一般的ではない。しかし、ジェラールを傍《そば》で支えることに誇りを持っているので、そのことを悲観してはいなかった。

そのジェラールは今、隣国から婚約者を迎え入れる準備で忙しい。

シオンは少しでも彼の役に立ちたいと考えていた。

しばらくすると、アマモの森のご飯屋さんは休憩時間に入った。ランチとディナーの間のわずかな時間が、ここの従業員たちの休みになる。もっとも、キッチンにいるミナイは、夜に出す料理の準備で忙しそうだ。

デリバリーに出ていた精霊たちが、続々と食堂に帰ってきた。彼らもこれから休憩時間に入るのだ。ちなみにこの店では、休憩時間はどこにいても自由なので、多くは森に帰って好き勝手に活動している。

(昼しか働かない精霊や夜しか働かない精霊もいるし、その辺りの管理は、ミナイとミカエラが夫婦で協力してやっているのでしょうね)

精霊なのに人間の世界で頑張っている友人を尊敬しつつ、少し羨《うらや》ましいと思う。

湖から生まれる精霊は、子孫を残すことができないけれど、友愛や恋愛という感情はちゃんと持っている。単独行動が基本といえど、愛し愛される人が欲しいという気持ちに違いはない。

考え事をしていると、ミナイとミカエラがキッチンから出てきた。

シオンはさっそく声をかける。

「ミナイ、料理の準備はもういいの?」

「はい、大体終わりましたから……」

そう答える彼女は、どこか浮かない顔をしている。この友人は感情が顔に出やすいのだ。

「ねえ、ミナイ……何かあった?」

「えっ？」

「なんだか、不安そうな顔をしているわ」

「実は、昼前にデリバリーに出かけた子が、まだ帰って来なくて。少し心配なんです。担当エリアはこの近くだし、いつもはすぐに帰ってくるのですが」

ミナイの話によると、デリバリー担当のその精霊は真面目な性格で、休憩時間になっても帰ってこないなどということは一度もなかったらしい。

「それは心配ね」

「今から配達先のお客さんに会いにいこうと思います。料理が届けられていないなら問題ですしきちんと料理が届けられていないとなると、ミナイの食堂の落ち度になってしまう。

「……ねえ、ミナイ。私もついていっていいかしら？」

シオンは、身を乗り出してそう言った。

「構いませんが。帰りが遅くなったら、ジェラールは心配しませんか？」

「いいの、いいの。ここのところジェラール様は、夜まで仕事に忙殺されているから」

「そうですか。では、行きましょう」

「おい、ちょっと待て！　俺も行く」

ミナイと一緒に飛び立とうとするシオンに、何を思ったのか、ラースが声をかけ、「じゃあ、僕も行きたい」と、ミカエラまでもが便乗した。

結局、シオンたちは全員でデリバリーの精霊が向かった客先へ足を運んだ。

場所は『アマモの森のご飯屋さん』からほど近い町にある一軒家だ。ミナイが配達先を把握しているので、すぐに目的地へたどり着く。

その町はホワイ村より一回り大きいものの、人口が少なくのどかな場所だ。

木造の簡素な家が立ち並び、舗装されていないデコボコの地面の上では、近くの家で飼われているらしいココウが昼寝をしていた。

「ここですね。すみませーん！『アマモの森のご飯屋さん』の者ですが、どなたかいらっしゃいますかー!?」

赤い屋根の家の前で立ち止まったミナイが、玄関の扉をノックしながら住人に声をかけた。

しかし、待てど暮らせど住人の返事は返ってこない。

「おかしいですね、留守でしょうか？　すみませーん!!」

しばらく、玄関先で粘っていると、通りすがりの町の人が声をかけてきた。

「あんたたち、その家は空き家だよ。つい先日、ここに住んでいた一家は大きな街へ引っ越したんだ」

「えっ!?」

シオンたちは、思わず顔を見合わせる。その間に、町の人は去っていった。

「どういうことでしょうか、届け先は合っているのですが……」

「引っ越した住人が、一時的に戻ってきている……とかじゃねえのか？」

そう言って、ラースが玄関のドアノブを回した。

すると、誰もいないはずの家の扉があっけなく開く。

「鍵がかかっていない？」

呑気なホワイ村の住人はともかく、町ではきちんと戸締まりをしている家が多い。誰もいないのに扉に鍵がかかっていないのは変だ。

「まあいいや、中に入ろうぜ」

人間の常識に染まっていないラースは、勝手に扉を開けて中へ入ろうとした。

「あ、ちょっと、勝手にドアを開けちゃ駄目だってば！」

慌ててシオンが止めるのも聞かずに、彼は強引に家の中へ侵入する。ミナイも彼のあとに続いた。

「もう、しょうがないわね」

仕方がないので、見つかった時の言い訳を考えながらシオンも一緒に中へ入る。玄関を入ってすぐの部屋は、リビングのようだった。

鍵などはそのまま残されており、テーブルや棚などの家具もそのまま置かれている。ここに住む人間は家財道具を持ち出さずに引っ越したらしい。

「おい、おかしくないか？　テーブルの上に、ウチの店の包み紙があるぜ？」

不意に、テーブルの上を指さしてラースが言った。ミナイも首をかしげつつ、そちらを見ている。

「本当ですね。料理は完食してあるし、デリバリー担当の精霊はきちんと配達できていたのでしょう」

「でも、家の中には誰もいないわ。それに、ちょっと荒れていると思うの。まるで誰かが争ったあとみたい……」

小さな棚や椅子が倒れ、壁や床には真新しい傷がついている。

「あら、これは何かしら？」

テーブルの上に丸められた紙を発見したシオンは、それを開いてみた。ぐしゃぐしゃに丸められた紙には、何かの記号が書かれている。

「暗号文みたいに見えるね」

紙を見たミカエラが、シオンのほうを見ながらそう言った。『言語』の加護を持つ精霊なら、解読できるかもしれないと思ったのだろう。

「暗号って、人間が使う特殊な文字の羅列のことよね？　……読んでみるわ」

実際、『言語』の加護を持つシオンは、あらゆる言葉に通じている。暗号文も例外ではなかった。虫がのたうちまわったような記号を目で追いながら、内容を解読していく。

「これ、場所の名前だわ。フォンティー通り、南側から二つ目の角を右折、四軒目の地下二階」

「その場所に行けば、何かわかるかもしれませんね」

難しい顔でそう告げるミナイに向かって、シオンは頷《うなず》く。

「ええ、行ってみましょう。フォンティー通りは、城から近い場所だから、私にもわかるわ」

家の中に、他の手がかりはなさそうだ。

シオンはミナイたちを連れ、フォンティー通りへ向けて飛び立つ。

（もしかすると、ジェラール様の言っていた、精霊が行方不明になる事件と関係があるかもしれ

ない）

すっきり晴れていた青空が次第に灰色を帯びていくのを横目に、シオンは不安な気持ちを隠して飛び続けた。

（何事もなければいいけど……）

フォンティー通りの南端は、多くの店が立ち並ぶ大通りから少し離れた閑静《かんせい》な住宅地だ。細い石畳の通りの両側には、石造りの小さな家が立ち並んでいる。

「フォンティー通り、南側から二つ目の角を右折、四軒目の地下二階……ね」

紙に書かれている暗号に従って進むと、一軒の家の前にたどり着いた。他の家と変わらない、なんの変哲もない普通の民家に見える。

「地下二階……ということは、この家に地下室があるのかしら？」

四人で外から呼びかけてみたが、返事はなかった。呼び鈴を鳴らしても、無反応だ。

（また、留守なの？）

迷った末、シオンはそっとドアノブに手を触れ、それを回して見た。しかし、鍵がかかっているようで、扉は開かない。

「勝手に侵入するのは、よくないですよね。一旦、引き返したほうがいいでしょうか。もしかすると、デリバリー担当の精霊も、帰ってきているかもしれませんし」

ミナイは困った様子で眉尻を下げていた。

しばらく家の前でウロウロしていると、見るからに素行の悪そうな人間たちがフォンティー通りに、現れた。その数は、およそ十人ほどである。いかにも、街のゴロツキといった風体《ふうてい》の彼らは、すれ違う通行人を威嚇《いかく》しながら、こちらへ向かって歩いてきた。

「……！　一旦、家から離れて……」

小声で指示するミカエラに従って、シオンたちはその場を離れる。

確かに、絡まれたら面倒臭そうな輩《やから》だ。加えて、精霊であるシオンたちは、目立つ髪色をしているので、目をつけられやすそうである。

物陰に隠れて、男たちの様子をうかがっていると、彼らは先ほどの家の前で立ち止まった。

「例の件、上手《うま》くいっているんだろうな」

「ああ、今日も一匹捕まえた。すでに他の場所へ運んである……他には？」

「俺が捕らえた分は、ここに……」

シオンは、じっと聞き耳を立てていた。

（捕らえたって、何をかしら？）

人間たちはこちらに気がつかないまま、全員家の中へ入っていく。しかし、十人近くもいる男たちで生活するには狭い家だった。一階建てで、部屋数も少なそうだ。

（窓から様子を見れば、何かわかるかもしれない）

彼らが家に中に消えたあとで、シオンはそっと窓辺に近づいた。中の様子をうかがったのだが、部屋には誰もいない。その隣の窓から別の部屋も覗いたが、そこにも人間たちの姿は見当たらなかった。

「おかしいわね」

あれだけの人数が入っていったのだから、誰か一人はいてもよさそうなものなのに。

（もしかすると、地下の部屋へ行ったのかしら？　暗号では、地下二階と書かれていたし）

ラースやミナイ、ミカエラもシオンのもとへやってきた。彼らも窓から中を見て、部屋に誰もいないことを不思議がっている。

「実はね……」

シオンは、精霊の事件について、ミナイたちに話すことにした。

貴族と契約している精霊が行方不明になっていること、それとデリバリー担当の精霊が帰ってこないこととは関係があるのではないかなどを話していくうちに、ラースたちの顔が険《けわ》しくなる。

「誘拐の可能性があるな……」

ミナイとミカエラも、心配そうに表情を曇らせていた。

「だとすれば、厄介ですね。精霊解放令が成立して間もない今、人間と精霊の間に問題が起こるのは、避けたい事態ですし」

「そうなのよね、大会議が成功して間もないのに、ソッコーで精霊に愛想を尽かされるのは困るのよ。ジェラール様が頑張ったことが水の泡になってしまうもの。できれば、こっそり解決したいわ」

ラースとミナイは、扉の前でじっと何かを考え込んでいる。

「では、あの人たちに質問してみますか？」

「えっ！　でも、もし危ない奴だったら大変よ!?」

ミナイの提案は賛成できない。

シオンの意見に、ミカエラも同調した。

「そうだよ、あれは十中八九カタギの人間じゃない。ミナイが直接質問するのは、避けたほうがいいよ。精霊誘拐犯だとしたら、なおさらね。しばらく、ここで張ってみるのはどうかな」

「そうね、それがいいわね……何かわかるかもしれないし」

結局、四人で怪しい家を見張ることにする。


数分後、ようやく人間たちが家から出てきた。

先ほどよりも人数は増えており、男が十人と女が五人いる。女のうち三人は、精霊だった。

思わず飛び出しそうになったシオンだが、衝動を抑えて見張りを続ける。精霊は人間たちに大人しく従っているようだ。しかし、その表情は暗い。

「核を握られているのかもしれねえな……」

苦々しい顔をしたラースが、怒りを抑えた声音でそう言った。ミナイも頷《うなず》いている。

「どこかへ向かうようですね、あとをつけましょう」

少し距離を置き、気づかれないように人間たちを尾行する。

彼らは、まったくシオンたちに気づかずに先へ進んでいた。

「不用心極まりないやつらだね……」

相手のあまりの鈍さに、ミカエラは呆れ顔だ。シオンも同意見である。

人間たちはフォンティー通りを離れて、町外れにある倉庫の中へ入っていった。いかにも悪事に使われていそうな怪しい場所だ。

窓から中を覗き込んだミナイが、「あ……！」と小さく声を上げた。

「どうしたの、ミナイ？」

「あの中にいる子、うちでデリバリーをしてくれている精霊です」

ミナイが指さした先には、黄色い髪の少女が座っていた。シオンたちよりも齢下《としした》の、まだ成人していない精霊で、見るからに元気がない。

彼女の他にも、十人ほどの精霊が倉庫の中に集められていた。大人しく座っているのは、いずれも少年や少女で、あの人間たちに核を握られていると思われる。

その他に拘束されている精霊がいる。彼らは成人しているので自分たちの核はどこかに隠している精霊なのだろう。

ここからでは何を言っているのかまでは聞き取れないが、人間たちが精霊を怒鳴りつけているようだ。精霊たちは、怯《おび》えた表情で縮こまっていた。

「やっぱり、誘拐事件なのかしら？　だとすると、早く助けてあげなきゃいけないわね」

とはいえ、こんな事態になるとは思っていなかったため、武器は持ってきていない。ミナイたちも丸腰だ。

「よっしゃ、久しぶりに暴れるか」

どこか嬉しそうな表情で、ラースが立ち上がった。そのあとから、ミカエラも続く。

「駄目だよ、ラース。事情を聞いてからにしないと。まあ多分、ろくな事情じゃないと思うけれど……シオンやジェラールのこともあるし、彼らの言い分は聞かせてもらわなきゃ」

ミカエラは、穏やかそうな外見や物腰に反して、割とえげつない言葉を吐いた。こっちが彼の素なのかもしれない。

「そっか、そうだな。じゃあ、質問してから暴れたらいいんだな」

ミナイはミナイで、その場にしゃがみ、武器になりそうな石ころを拾い集めている。後ろから石を投げ、二人を援護する気なのだろう。

(よりにもよって、物騒なのが三人も集まってしまったわ……)

元冒険者と狩人《かりうど》精霊の食堂夫婦は言わずもがな、『力』の加護を持つラースもとても強い。

荒事が得意でないシオンは、気の毒な人間たちを見張りつつ、いざという時に仲間の精霊を助け出すことに専念しようと思った。

石を拾い集めたミナイが、それをポケットに収納しながら提案する。

「ではまず、私が中へ入りますので……彼らが悪人だった場合は、突入をお願いします」

彼女がそう告げると、ミカエラが眉をひそめた。

「さっきも言ったけれど、危ないから、あまりやつらに近づいちゃ駄目だよ？　入り口付近から奥へは入らないように」

「は、はい」

倉庫の扉を開け、ミナイがそろりと足を踏み入れる。精霊だとわかりやすくするため、わざと羽根を開いて。

すると、人間たちが一斉に彼女のほうを向いた。

一人の男が戸惑《とまど》いがちに隣の仲間に尋ねる。

「おい。あれ、精霊じゃないのか？」

「ああ、そうだな。どうしてこんな場所に？　仲間を探しにきたのか？」

「いずれにせよ、精霊が自分から来てくれたのなら、ラッキーじゃねえの？　まとめて捕まえて、売り飛ばしてしまおうぜ」

人間たちに向けて、ミナイが質問する。彼女の透き通った声は倉庫の中でよく響いた。

「あなたたちは精霊を誘拐して、売り飛ばそうとしているのですか？」

ミナイの問いかけに対して、彼らは笑いながらそうだと頷《うなず》く。

「こいつらの核は、すでに俺らの手の中だ。お前も、ついでに捕らえさせてもらう」

その言葉を聞き、彼女は後ろを振り返った。

「ミカエラ、ラース、予想通り黒です。遠慮なくやってしまって、いいと思われます！」

同時に、倉庫の扉を開けて、二人が飛び出す。彼らはミナイを捕らえようと動き出した人間たちを片っ端から伸《の》していった。ミナイ本人も投石で二人を援護している。

（……投石が一番痛そうだわ）

シオンは石を食らった人間たちに少し同情した。

しばらくして、ほぼ全ての人間が倒されたのを確認し、シオンは精霊たちのもとへ駆け寄る。

仲間の精霊が来たことで、彼らはあからさまにホッとしていた。

「大丈夫？　核の場所はわかる？」

「人間たちが持っているの。でも、誰が持っているのかまではわからなくて」

「それは困ったわね、一人ずつ、懐《ふところ》を探っていくしかなさそうだわ」

精霊たちと協力し、シオンは彼らの核を探すことにする。

ミカエラとラース、そして投石を終えたミナイは、拘束されている精霊の枷《かせ》を外そうと苦戦していた。ミナイは、料理や狩りに関係ないことに関しては、とても不器用なのである。

ほぼ力技で、ミナイは強引に精霊たちの枷《かせ》を外していた。そして、その枷《かせ》をラースとミカエラに倒された人間たちへつけていく。

枷《かせ》を外された精霊たちは、一斉に窓から外へ逃げていった。自分の契約主に報告し、助けを呼んでもらう気なのだろう。今現在契約を結んでいる精霊の多くは、この国の権力者と仲よく暮らしているのだ。

その間に、シオンは人間たちの懐《ふところ》を探ったのだが、核はどこにも見当たらなかった。

「おかしいわね……」

あの強欲そうな人間たちが、精霊の核を放置しておくはずがない。

悩んでいると、入り口に別の人間がわんさか現れた。まだ仲間がいたようである。

「お前ら、なんということをしてくれたんだ！　くそっ、せっかくの取引が台なしじゃないか！

買い手だって見つかっていたのに、時間内に指定の場所に精霊を連れていかないと破談になってしまう！」

二十人ほどいる新手《あらて》の人間たちの中心にいる男が、右手に斧を、左手に透明な瓶を掲《かか》げて叫んだ。

瓶の中には精霊の核が入っている。キラキラと煌《きら》めいているカラフルな石は、まるで宝石のようだ。

「ここに核がある。精霊たちの命がどうなってもいいのか！　俺は躊躇《ちゅうちょ》なく核を壊すぞ！」

ラースとミカエラは、男の行動に動きを止めた。

しかし、問答無用で石を投げた人物がいる――ミナイだ。

石は見事に男の額《ひたい》に命中し、彼は瓶を取り落とした。その隙を逃さずに、ラースとミカエラが瓶を取り戻そうと走る。それに気がついた男の仲間たちが、斧や剣や棍棒《こんぼう》を持って彼らの前に立ちふさがった。

「退《ど》けよ！　気安く、精霊の核に触れるな！」

素手のラースが立ちはだかる男たちを簡単に投げ飛ばしていく。さすが、『力』の精霊だ。

ミカエラも、人間なのに次々に相手を再起不能にしていた。彼の後ろで、拾った棍棒《こんぼう》を手にしたミナイも暴れている。彼女に棍棒《こんぼう》でお尻を叩かれた男は、床にうずくまり悶絶《もんぜつ》していた。

（ミナイなりに、急所に当たらないよう、手加減しているのだろうけれど。痛そうだわ）

床に落ちていた瓶を、ミカエラが拾い上げて中身を確認する。どうやら、損傷している核はなさそうだ。核を奪われていた精霊は、瓶へ殺到した。

（よかった。みんなの核が無事で……）

しかし、彼らが戦う光景を見て油断していたシオンは、もう一人、人間たちの仲間がいたことに気がつかなかった。

不意に、すぐ横に影が差し、同時に腹に衝撃が走る。殴られたのだとわかった時には、ナイフを突きつけられていた。

「この際、お前だけでもいい。来い！」

すぐ近くに、大柄な男が立っている。

恐怖と痛みで身動きが取れないのを、シオンが抵抗していると思ったのだろう。苛立った相手は、再び拳《こぶし》を振り上げた。

思わず目を瞑《つむ》ったのだが、今度は体が痛みを訴えることはなかった。

うっすら目を開けて確認すると、男の手とシオンの間に赤い影が入り込んでいる。

「……ラース？」

「大丈夫か？　シオン？」

ラースは、胸に男の拳《こぶし》をめり込ませていた。自分を庇《かば》って殴られたのだとわかり、一瞬で全身の血の気が引く。

「ちょっと、なんで前に出てくるの！　怪我は!?」

「心配ない、ディミトリの十分の一ほどの衝撃だ。俺は、お前と違って強いからな」

後ろを振り返りながら、ラースはデコピンで相手を昏倒《こんとう》させた。『力』の加護を持つ精霊を怒らせてはいけない。

ディミトリの時は、ラースも彼なりに考え、第二王子に逆襲することなく去る道を選んだのだろう。もし、彼が怒りに任せて暴れていたら、ディミトリは今頃、この世にいなかったかもしれない。

「それより、殴られた腹は、大丈夫か？」

「え、ええ……」

シオンとラースが話をしている間に、ミナイとミカエラが人間たちを縄で縛《しば》り上げていた。

「倉庫にたくさん縄があってよかったですね、ミカエラ」

「そうだね。なんだか縄を見ていると、無性に肉が食べたくなってきたよ」

「そうですねえ。ハムにしたり、燻製《くんせい》にしたり……そういえば、店の奥に吊るしていたラギのハムが、もうそろそろ食べ頃かと……」

「それはいいね。今晩は、それを使って料理を作ろう」

場違いな夫婦の会話が耳に届き、シオンはなんだか気が抜けてしまった。


その後、精霊たちは無事に全員解放された。核を返された精霊たちは、それぞれの居場所に帰っていく。

あの人間たちは、いい人そうな顔をして精霊に近づき、騙《だま》して無理やり契約していたらしい。すでに契約済みの精霊たちは気絶させた上で拘束していたそうだ。

先に逃げた精霊たちの契約主から連絡を受けたジェラールが、血相を変えて騎士を派遣したらしく、事件はその日のうちに無事収束した。精霊の売り渡し先も、押さえられたようである。

ミナイとミカエラは、夜の営業時間が迫っているので、一足先にデリバリー係の精霊を連れて店に帰っていった。

「ねえ、アンタは帰らなくていいの？」

「ああ、今日は昼だけの勤務で、夜は仕事を入れていないんだ。それより……お前こそ、いつまで事件現場にいるつもりだ？」

「私の勝手でしょう？」

「また変な人間が出たらどうするんだよ。城まで送ってやるから、大人しく帰れ」

「……わかったわよ。今日は、助けてくれてありがとう」

「……おう」

なんとなく恥ずかしくて、気まずい雰囲気になりながらも、シオンはラースに送られて、無事城へ帰り着く。到着した瞬間、取り乱したジェラールが駆け寄ってきた。

「シオン、無事でよかった！　まったく、誘拐犯を追うなんて、なんという無茶をするんだ」

「ごめんなさい、ジェラール様の役に立ちたくて」

「ああ、シオンのおかげで大助かりだ。感謝する……が、今後は危険な真似は控えるように。ラース、君にも礼を言う。うちの精霊を助けてくれたそうだな」

ジェラールは真摯《しんし》な態度で頭を下げた。

彼はもうすぐ妃を迎えるし、シオンに恋愛感情を抱いていない。

（でも、それでも、まあいいか）

シオンはそう思う。こうして、彼は自分の契約精霊を大事にしてくれているのだから。

「ラース、送ってくれて……ありがとう」

「ああ……じゃあ、俺は帰るな」

「うん、また、お店に遊びに行く」

シオンがそう告げると、ラースは「待っている」と言って柔らかく微笑んだ。


それから、シオンは頻繁に『アマモの森のご飯屋さん』へ出かけるようになった。

失恋の痛みが癒《い》えないのもあるが、最近はラースと話したくて出かけることが多い。なんだかんだで、彼には気兼ねなく話すことができ、居心地がよいというのが理由だ。

向こうも、気心が知れているというのが理由だろうけれど、シオンと話す時は機嫌がいいように見える。

そうしているうちに、隣国の姫がジェラールに輿入《こしい》れし、派手な結婚式が挙げられた。

正直、シオンは複雑な心境だったけれど、遠くからはるばるやって来た姫は、噂通り性格の良い美人で、シオンに対しても優しく接してくれる。

それに、ラースと話すうちに、シオンの内面も変化したようだ。いつの間にかシオンは、ジェラールや彼の妃の傍《そば》にいても悲しくならなくなっていた。

読書好きの妃が『言語』の加護を持つ精霊と協力し、多くの歴史書の謎を解き明かすのは、王が

結婚してから約一年後のこと。その発見は偉大な功績として後世にもずっと伝えられたという。

王の契約精霊は、その後も頻繁に『アマモの森のご飯屋さん』を訪れ、徐々に赤髪の精霊との絆《きずな》を育んでいった。

三年後、赤髪の精霊は「後進が育ったから」と言って食堂の従業員を辞め、彼女のいる城へ移り住んだとか。

新＊感＊覚　ファンタジー！

Regina レジーナブックス

悪役令嬢が
魔法オタクに!?

ある日、ぶりっ子悪役令嬢になりまして。1～3

桜《さくら》あげは
イラスト：春が野かおる

隠れオタク女子高生の愛美《まなみ》は、ひょんなことから乙女ゲーム世界にトリップし、悪役令嬢カミーユの体に入り込んでしまった！　この令嬢は、ゲームでは破滅する運命……。そこで愛美は、魔法を極めることで、カミーユとは異なる未来を切り開こうと試みる。ところが、自分以外にもトリップしてきたキャラがいるわ、天敵のはずの相手が婚約者になるわで、未来はもはや予測不可能になっていて――!?

詳しくは公式サイトにてご確認ください。
http://www.regina-books.com/

携帯サイトはこちらから！

新＊感＊覚ファンタジー！

レジーナブックス Regina

イラスト／アズ

★トリップ・転生

リセット 1〜10

如月《きさらぎ》ゆすら

天涯孤独で超不幸体質、だけど前向きな女子高生・千幸。彼女はある日突然、剣と魔法の世界に転生してしまう。強大な魔力を持った超美少女ルーナとして、素敵な仲間はもちろん、かわいい精霊や頼もしい神獣まで味方につけて大活躍！　でも、そんな中、彼女に忍び寄る怪しい影もあって——？　大人気のハートフル転生ファンタジー！

イラスト／かる

★トリップ・転生

えっ？　平凡ですよ⁇　1〜8

月雪《つきゆき》はな

交通事故で命を落とし、異世界に伯爵令嬢として転生した女子高生・ゆかり。だけど、待っていたのは貧乏生活……。そこで彼女は、第二の人生をもっと豊かにすべく、前世の記憶を活用することに！　シュウマイやパスタで食文化を発展させて、エプロン、お姫様ドレスは若い女性に大人気！　その知識は、やがて世界を変えていき——？

詳しくは公式サイトにてご確認ください。

http://www.regina-books.com/

携帯サイトはこちらから！

新＊感＊覚ファンタジー！

レジーナブックス
Regina

★トリップ・転生

黒鷹公の姉上

青蔵千草《あおくらちぐさ》

イラスト／漣ミサ

夢の中で謎の腕に捕まり、異世界トリップしてしまったあかり。彼女を保護したのは王子、オーベルだった。あかりの黒目黒髪は、本来王族にのみあらわれるもの。混乱を防ぐため、あかりはオーベルの「姉」として振る舞いつつ、元の世界に戻る方法を探すことに。そんな日々の中、二人は徐々に絆を深めていくが——

★トリップ・転生

王太子妃殿下の離宮改造計画 1～4

斎木《さいき》リコ

イラスト／日向ろこ

日本人の母と異世界人の父を持つ杏奈。彼女は就職活動に失敗したことが原因で、異世界の王太子と政略結婚させられることになった。けれど夫の王太子には愛人がいて、杏奈は新婚早々、ボロボロの離宮に追放されてしまい……!?　元・女子大生の王太子妃が異世界で逆境に立ち向かう痛快ファンタジー、待望の書籍化！

詳しくは公式サイトにてご確認ください。

http://www.regina-books.com/

携帯サイトはこちらから！

RC Regina COMICS
メイドから母になりました 1
大好評発売中!!
原作 Seiya Yuzuki 夕月星夜
漫画 Asuka Tsukimoto 月本飛鳥
シリーズ累計6万部突破！
待望のコミカライズ！
異世界に転生した、元女子高生のリリー。
ときどき前世を思い出したりもするけれど、
今はあちこちの家に派遣される
メイドとして活躍している。
そんなある日、王宮魔法使いのレオナールから
突然の依頼が舞い込んだ。
なんでも、彼の義娘《むすめ》・ジルの
「母親役」になってほしいという内容で——？
B6判・定価680円＋税・ISBN978-4-434-22981-7
アルファポリスWebサイトにて
好評連載中！
転生して凄腕メイドになった元女子高生、
異世界で愛娘(6歳)ができちゃった!?
アルファポリス 漫画
検索

平凡OL、

「女神の巫女」になって、華麗に街おこし。

ガシュアード王国にこにこ商店街 1 2 3

TOKO KISAKI 喜咲冬子

崖っぷちからの異世界ライフスタート！

デパートに勤めるOL・槇田桜子は、仕事中に突然、後輩と一緒に異世界トリップしてしまった。気が付けば、そこはガシュアードというローマ風の王国。何故か「女神の巫女」と誤解された桜子は、神殿で保護されることになる。だが、神殿は極貧状態！　桜子は命の危機を感じ、生き延びるためにパンを作ることにした。そうしてできたのは、この国では類を見ないほど美味なパン。ためしに売ってみると、パンは瞬く間に大ヒット商品に！　それを売って生活費を稼ぐうちに、やがて桜子は地域の活性化を担うようになるが……

◉各定価：本体1200円＋税

◉illustration: 紫真依

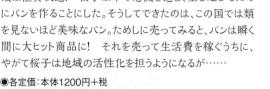

スマホゲーム化決定！
2017年春
配信
予定！
異世界で
カフェを
開店しました。
豪華声優陣による
キャスト発表中！
事前登録受付中！
詳しくは公式HPに
アクセス！
https://isekaicafe.jp/
※ゲームリリースをもって、事前登録は終了します。
©Ringo Amasawa　©AlphaPolis Co., Ltd.　キャラクター原案：⑪(トイチ)・野口芽衣

桜あげは（さくらあげは）
大阪出身。読書とピアノが好き。2014 年よりネットで小説を書き始める。2015 年「ある日、ぶりっ子悪役令嬢になりまして。」で出版デビュー。

イラスト：八美☆わん（はちぴすわん）

本書は、「小説家になろう」（http://syosetu.com/）に掲載されていたものを、改題・改稿・加筆のうえ、書籍化したものです。

アマモの森《もり》のご飯屋《はんや》さん

桜あげは（さくらあげは）

2017年4月4日初版発行

編集－黒倉あゆ子・羽藤瞳
編集長－塙綾子
発行者－梶本雄介
発行所－株式会社アルファポリス
〒150-6005 東京都渋谷区恵比寿4-20-3 恵比寿ｶﾞｰﾃﾞﾝﾌﾟﾚｲｽﾀﾜｰ5F
TEL 03-6277-1601（営業） 03-6277-1602（編集）
URL http://www.alphapolis.co.jp/
発売元－株式会社星雲社
〒112-0005東京都文京区水道1-3-30
TEL 03-3868-3275
装丁・本文イラスト－八美☆わん
装丁デザイン－ansyyqdesign
印刷－中央精版印刷株式会社

価格はカバーに表示されてあります。
落丁乱丁の場合はアルファポリスまでご連絡ください。
送料は小社負担でお取り替えします。
©Ageha Sakura 2017.Printed in Japan
ISBN978-4-434-23135-3 C0093